# 老子注譯

老子　著
張玉春
金國泰　譯注

商務印書館

本書由江蘇鳳凰出版社
有限公司授權出版

# 老子注譯

作　者：老　子
譯　注：張玉春　金國泰
責任編輯：甘麗華
封面設計：涂　慧
出　版：商務印書館（香港）有限公司
香港筲箕灣耀興道三號東滙廣場八樓
http://www.commercialpress.com.hk
發　行：香港聯合書刊物流有限公司
香港新界大埔汀麗路三十六號中華商務印刷大廈三字樓
印　刷：永利印刷有限公司
黃竹坑道五十六至六十號怡華工業大廈三字樓
版　次：二〇一八年七月第一版第一次印刷

ISBN 978 962 07 4573 7
Printed in Hong Kong

# 前言

老子是道家學派的始祖，是我國哲學史和思想史上赫赫有名的大家巨匠。但是，我們卻很難確知老子的生平事蹟。這是不足為怪的。早在西漢初年，有關老子的傳聞，就真偽雜出，難知其詳了。博聞廣求的太史公司馬遷在《史記》裏為老子立傳，也只寫了寥寥四百餘字，而且其中既有不很肯定的說法，又兼採了不同的傳說，給後人留下了不少疑點和分歧。現代不少著名學者對老子其人其書作過多方面深入考證，然而在有些方面，還很難形成統一的認識。

老子的籍貫在楚國苦縣曲仁里，這一點是古今學者對司馬遷《老子列傳》唯一沒有提出過疑問的史實。老子的姓名，司馬遷既記為「姓李氏，名耳，字聃（dān）」，又懷疑老子就是楚人老萊子，又記錄了世人關於戰國年間周太史儋（dān）就是老子的說法。顯然，《史記》所記是不很清楚的，是有錯誤的。可以認為，與莊子姓莊名周、孟子姓孟名軻、荀子姓荀名況等一樣，老子姓老名聃。老子所處的時代，是春秋末期；論年輩，早於孔子。老子的事蹟，據《史記》，並參據現代學者的考證，大略可知以下幾事：可能從早年起就在東周王朝圖書館供職，掌管史冊典籍。約在中年時期，受到王朝貴族迫害，逃居魯國數年。居魯期間，孔子曾向他問禮（《史記》說是孔子到東周王朝向老子問禮）。後來，老子又回到東周王朝，繼供前職。約在五十多歲時，在東周王朝內戰中失敗的王子朝，攜帶王朝史冊典籍逃往魯國避難，史冊典籍既失，老聃也自然失去官職，這才離開東周去秦國。西行途中，經函谷關，守令尹喜請求他為自己著一部書，老子於是寫下了約五千字的文章給他，這就是今天所說的《道德經》，也就是《老子》這部書①。老子西去以後，就在秦國隱居下去，不為世人所知，後人只傳說他的壽命很長。司馬遷說：「蓋老子百有六十餘歲，或言二百餘歲。」這雖是推測、傳言和誇大之辭，但說他「修道而養壽」，大約是可信的。

❶《老子》一書，有戰國時代思想的反映，這說明它在流傳過程中，可能經過了戰國時人的增益。也有些學者以為《老子》一書原非老子本人所作，而是成於戰國時代的作品。

老子所處的春秋末期，正是階級矛盾突出尖銳、貴族集團內部爭鬥激烈、諸侯間攻戰無休、社會動盪不已的年代。老子前半生遭遇坎坷，後來又失去了小小的官職，從統治階級下層人物淪為庶民。這種經歷和命運，不僅是促成老子後半生長期隱居的重要原因，而且也是老子形成社會政治思想的重要原因。

《老子》全書只有五千餘字，但涉及的內容卻相當廣泛，包含着極其豐富的社會政治思想和哲學思想。

老子社會政治思想的總原則是「無為而治」。這種原則，在老子的思想中，是以下述兩個方面的認識作為前導和基礎的。

一方面，老子認為，現時統治者強作妄為，因此造成了社會的種種矛盾和弊病，給人民帶來了諸多痛苦。老子由於自身地位的下降，更多地注意到了統治者對下層民眾的剝削掠奪和刑罰鎮壓，因而往往站到同情下層民眾的立場，發出些不平的呼聲。他揭露並批評剝削者的重稅搜刮，說：「民之飢，以其上食稅之多，是以飢。」（七十五章）認為「田甚蕪，倉甚虛」的社會重患是統治者聚斂不已、揮霍無度的直接結果，並因此斥責那些穿戴華麗、肥甘滿腹的掠奪者為「盜夸」，就是強盜頭子（五十三章）。他認為用苛法暴力威脅人民和奉行殺戮政策是無濟於事的，不應該的，因為「民不畏死，奈何以死懼之」（七十四章），而且認為「法令滋彰，盜賊多有」（五十七章），就是法令越分明，「盜賊」越多。他認為「民之難治，以其上之有為」（七十五章），百姓難管理的原因就是統治者勉強作為。這些都反映出，老子看到了過度的剝削，使民眾生活無着，生產受到嚴重破壞，過度的禁錮、濫施淫威，使民眾手足無措，被逼鋌而走險。老子還認為，統治者提倡仁義道德和崇尚賢能都不是好事情，他說：「大道廢，焉有仁義。慧智出，焉有大偽。」（十八章）又說：「以智治國，國之賊。」（六十五章）他的意思是，與統治者倡導的仁義和推崇的賢智等相聯繫着的，是「大道」淪廢，奸偽萌生；執政者巧用心智，是國家的大害，因為這會誘發和擴大人民的貪慾，偽詐成風，社會就離「真樸」日遠，天下就難得安寧了。

另一方面，老子認為天道是自然無為的。老子反對上帝主宰一切的神權思想，反對天道有知有為的迷信觀念。他認為，天地萬物本來都是自然地發生發展，不應該用外來的意志和力量干擾、制約它。他認為，世界所以發生、所以變化的本源不是上帝，而是「道」。「道」對於世界萬物，「生而不有，為而不恃，長而不宰」（五十一章）。就是說，「道」生成萬物而不佔有，助長萬物而不望報答，使萬物成熟而不管制，一切都順其自然，全都出於無為。而所說「無為」，並不是毫無作用，毫無結果，而只是無意志，無目的，不硬行強為。因此，老子就得出「道常無為而無不為」（三十七章）這一認識。

老子把對現實政治的揭露與批判同對天道的認識與傾慕結合起來，其結果就是要「人之道」效法「天之道」，要執政者不強作妄為而保持清靜無為。他提出，「萬物莫不尊道而貴德」（五十一章），提出「人法地，地法天，天法道，道法自然」（二十五章）。認為人和天地都要效法「道」，而「道」則遵循自然而然的原則。他用天道推論人道，於是要求統治者把「無為」作為執政的最高原則。他說：「天地不仁，以萬物為芻狗；聖人不仁，以百姓為芻狗。」（五章）這是說，天地對萬物冷漠不仁，無所恩愛，無心干預萬物，任憑它們生生滅滅，自長自消；聖人（即執政者）對百姓也沒有甚麼恩愛，任憑他們閒散自在，隨其作息。老子認為天道總是均衡調和的，「損有餘而補不足」（七十七章）；但人世卻違背天道，「損不足以奉有餘」（同上），表現在下民百姓飢餓、貧困，而居上位者多吃稅、厚養生。他希望社會能相對均衡、安定，所以才希望能出現效法天道，「有餘以奉天下」的「有道者」、「聖人」，希望由他們實現「無為」政治。

「無為而治」的思想是個總原則，它滲透在老子許多具體的思想主張中。老子主張不要攪擾百姓，他說「治大國，若烹小鮮」（六十章）。他用烹小魚不能輕易翻動這件事設喻，說明治國一定要以清靜為原則，萬不可輕易攪擾百姓，否則就會傷害百姓，搞亂天下。他主張不要過於壓榨百姓，「無狎其所居，無厭其所生。夫唯不厭，是以不厭」（七十二章）。這是說，不要逼迫人民使其無處安居，不要壓迫人民使其無法生活。正因為不壓迫人民，所以才不會遭到人民厭棄。他主張不要聰明智慧，說「不以智治國，國之福」（六十五章）。說「絕聖棄智，民利百倍」（十九章），拋棄掉聰明和才智，人民就能獲益百倍。「不尚賢，使民不爭」（三章），不崇尚賢才，才能使人民不爭功名。主張不要「仁」、「義」這些道德規範，「絕仁棄義，民復孝慈」（十九章）。認為拋棄了「仁」和「義」，老百姓就會恢復敬老愛幼的天性。他主張戰爭只能是「不得已」的，「以道佐人主者，不以兵強天下」（三十章）。歸根到底，他主張執政者能順乎人情物理，聽其自然變化而不勉強作為。他說：「道常無為而無不為，侯王若能守之，萬物將自化。」（三十七章）又托「聖人」之口說：「我無為而民自化，我好靜而民自正，我無事而民自富，我無慾而民自樸。」（五十七章）都是希望統治者清靜慎動，不生事端，無欲無求，以為這就可望人民自然順化，自然安定，自然富庶，自然淳樸。「民莫之令而自均」（三十二章），沒有甚麼人命令，而百姓會很自然地遍受雨露滋潤。他相信「為無為，則無不治」（三章）。如果實行無為的原則，那麼就不會不太平了。

老子「無為而治」的思想在當時有一定的進步意義。它不僅反映了底層民眾對少受干擾、生活能趨於安定的要求，反映了他們改變貧富懸殊的樸素願望，而且也反映了老子本人對不聽命於上帝、不受人意志支配的「人之道」，即社會發展規律的朦朧認識，衝擊了當時上帝主宰一切的神權思想。但是，由於辯證法思想不徹底，老子在反對天道有知有為、提出天道無知無為的過程中，卻把天道無為提到了絕對化的程度，視之為至高無上的原則。認為人要效法天道自然，也就不能有為，人只能順從自然規律而不能改造它。這就在一定程度上抹殺了人的主觀能動作用。同時，老子在批判社會不合理現象的過程中，未能積極地正視現實，矚目未來，卻認為新不如舊，今不如昔；總是消極地迴避矛盾，甚至主張全盤毀滅現實社會中的物質文明和精神文明，返古復初，退回到低級原始的蒙昧時代，以至於提出「小國寡民」那種空想的社會圖景，這也暴露出他社會政治思想中保守性的一面。

老子哲學思想的性質，是一個近幾十年來爭論不休的問題。先前只有兩種意見：一說屬於唯物主義，一說屬於唯心主義。近些年又出現了第三種意見，認為先前的兩種意見都是各執一偏，是把距今久遠的老子哲學說得太系統化了。實際上老子哲學本身具有不清楚的地方，其中既有唯物主義的一面，又有唯心主義的一面，因而對老子哲學應具體分析，要防止把老子哲學現代化和絕對化。筆者學力淺薄，在注譯本書過程中，採取了把老子哲學看作大體上屬於唯物主義而又帶有一些唯心主義的看法。

老子哲學的最高範疇是「道」。說老子哲學是唯物主義或唯心主義，主要是對「道」分析的結果。「道」這一名詞的本義是人們腳下的道路，引申出方法、途徑、規律等意義。老子用「道」既指支配物質世界與現實事物運動變化的普遍規律，又指物質世界的實體，即宇宙本體。

老子認為，「道」是天地萬物的唯一根源。他說：「道生一，一生二，二生三，三生萬物。」(四十二章）又說：「有物混成，先天地生。寂兮寥兮，獨立不改，周行而不殆，可以為天下母。吾不知其名，字之曰道。強為之名曰大。」(二十五章）老子沒有把先於天地並孕育了天地的「道」看作是主觀精神的東西，而是把它看作渾然為一、包容一切的物質實體。老子描述的「道」，「視之不見」，「聽之不聞」，「搏之不得」。又說「是謂無狀之狀，無物之象，是謂惚恍。迎之不見其首，隨之不見其後」（十四章）。這裏雖然說「道」神妙莫測，超出現實世界人們的各種感覺，看不到，聽不到，摸不到，但還是確認它雖似無狀而有狀，雖然縹緲卻不虛無，雖然恍惚迷離，卻可迎之、隨之，這也就是肯定「道」是實在之物。近似的描述如：「道之為物，惟恍惟惚。惚兮恍兮，其中有象；恍兮惚兮，其中有物。窈兮冥兮，其中有精。其精甚真，其中有信。」（二十一章）這進一步說出「道」雖然恍恍惚惚，但是其中有形象，其中有實物，其中有極細微的精氣。那精氣特別真實，那裏面有徵驗。說出了萬物所以開始的「道」是真實的存在，而不是虛無。這種精氣論，顯然表現了樸素唯物主義的傾向。

老子在講世界萬物起源的時候，有個「無」的概念，這是人們十分注意並因此而爭論不休的焦點之一。他說：「天下萬物生於有，有生於無。」（四十章）對此，一種意見認為，老子的「道」是虛無的，是主觀精神的東西，說老子是「『道』在『物』先」，物質的東西由精神性的東西所派生，就是精神第一性，物質第二性，因此老子哲學就是唯心主義的，或稱之為客觀唯心主義。而把老子哲學看作屬於唯物主義的人們則認為，這裏所說的「無」，並不是零，不是一無所有的虛無，而是指混沌未分的狀態，是「無形」、「無名」的精氣，是實在之物；這裏的「無」和「有」並不是一般意義的「無」和「有」，而是用以說明宇宙構成本原的哲學上的一對範疇，是指稱超現象界的形而上之「道」的，是用來表明「道」產生天地萬物時由無形質落實向有形質的一個活動過程，「無」這一概念同老子哲學的唯物主義性質並不矛盾。

老子提出「道」這一範疇，從自然本身方面探求說明世界的原因，這不僅與上帝創造世界的宗教迷信思想相異轍，而且，也比早些時候用某種或某幾種物質元素解釋世界成因的那些樸素唯物論說法（如五行說等）有了進步，顯示出人們抽象思維能力的提高。但是，老子對不少內容的表述是模糊不清的，他的樸素唯物論思想還帶有直觀性、臆測性和不徹底性。因此，它才可能被後來的一些唯心主義學者曲解和利用，也因此被後來的一些唯物主義學者所責難。

老子哲學中的樸素辯證法思想十分突出。

老子從自然現象和社會現象中覺察到了對立統一規律，第一個比較系統地揭示出事物的存在是相互依存的，而不是彼此孤立的。他廣泛論及各種對立關係，如美醜、善惡、榮辱、貴賤、難易、虛實、強弱、清濁、厚薄、壯老、靜躁、重輕、剛柔、巧拙、明昧、白黑、雌雄、陰陽、屈直、長短、多少、高下、前後、正反、始終、主客、禍福、利害、怨德、損益、治亂、興廢、生死、去取、得失、有無、開闔、歙張等等，這說明他已經看出一切事物中無不包含着既互相對立，又互相依存的兩個方面，已經看出了沒有美就沒有醜，沒有利就沒有害。他說：「故有無相生，難易相成，長短相刑，高下相盈，音聲相和，前後相隨——恆也。」（二章）這集中地揭示了對立面之間的互相聯繫、互相依存、互相作用和互相補充，鮮明地顯示出對立統一這一永恆的、普遍的法則。

老子在觀察相反相成關係的同時，也注意到了對立雙方並不是僵化凝固、一成不變的，覺察到了對立面的互相轉化。他說：「禍兮，福之所倚；福兮，禍之所伏。」（五十八章）這句話已經成了後人談矛盾轉化每每引述的至理名言。禍中有福，福中有禍，禍福都能向自己的對立面轉化。它說明着一切事物都向自己的對立面轉化的基本規律。與此相聯繫，老子雖然還沒有認識到品質互變的規律，但是，他也模糊地接觸到了事物由量變到質變的某些現象，並且也想利用這些現象中的道理處理事情。他說：「其安易持，其未兆易謀；其脆易泮，其微易散。為之於未有，治之於未亂。合抱之木，生於毫末；九層之台，起於纍土；千里之行，始於足下。」（六十四章）這是說，局勢安定時容易維持，事情未露苗頭時容易對付，事物脆弱時容易消解，事物微小時容易散除。要在事情還沒發作時處理它，要在局勢還沒動亂時治理它。合抱的大樹，是由細小的萌芽長成的；九層的高台，是由一筐土起步的；千里行程，是從腳下開始的。這正反映出老子從具體事實中似乎感到了由量到質的變化過程，也反映出他因此而提出的少生禍亂的辦法：「為之於未有，治之於未亂。」（六十四章）「圖難於其易，為大於其細。」（六十三章）考慮難辦的事情要從簡易處着眼，實行大的計畫要從細微處入手。

老子這些辯證法思想與前相較，無疑有很大進步，具有積極的意義。但是，受時代和階級的局限，它也存在着很大的缺陷。老子只講對立面的轉化而脫離了轉化的條件，這就導致他把貴柔、守雌、無為、不爭奉作至高無上的原則，他不但用這一原則認識世界，而且還要把這一原則貫徹到社會政治及日常生活中。他看到人在活着的時候肢體柔軟靈活，而死去後屍體僵硬；草木在生長期柔韌脆弱，生命竭止後也就乾枯了，因此得出這樣的結論：「故堅強者死之徒，柔弱者生之徒。」（七十六章）以為堅硬剛強的東西一定屬於死亡的一類，而柔韌軟弱的東西必定屬於生存的一類。這種認識顯然是直觀、片面的，沒有反映事物的本質規律。但老子不但反復申說這種觀點，而且還進一步認為「柔弱勝剛強」（三十六章）。他因此主張要像水那樣，柔弱、居下，「善利萬物而不爭」（八章）。要「知其雄，守其雌，為天下谿」，

「知其白，守其辱，為天下谷」（二十八章）。這是說，知道自己的雄強，卻安守自己的雌柔，甘做天下低窪處的水流。知道自己的潔白，卻安守自己的黑污，甘做天下的低谷。他基於「物壯則老」（三十章）的直觀認識，主張「去甚，去奢，去泰」（二十九章）。去掉極端、過度和無止境，主張「曲則全，枉則直，窪則盈，敝則新，少則得，多則惑」（二十二章）。是要立足於委曲、屈枉、低窪、舊破、少取不貪的柔靜低下這一面，以達到保全、伸直、充盈、更新、實得、不迷惑的目的。所有這些思想主張，都表現出他樸素辯證法思想的直觀片面性、保守性和不徹底性。

在認識論方面，老子輕視感覺經驗和實踐活動對認識過程的重要性，片面誇大理性認識的作用。他說：「不出戶，知天下。不窺牖，見天道。其出彌遠，其知彌少。是以聖人不行而知，不見而名，不為而成。」（四十七章）這是說，人們不必出房門，就能推知天下事情，不探頭窺望窗外，就能看出日月星辰的運行規律。走得越遠，知道得越少。因此聖人不用經歷就知道，不用眼見就明瞭，不用作為就成功。老子這是認為，凡事都不必親自體察，完全可以推想而知；實踐多了，久了，只會對人的認識能力和認識結果起負作用。所以，他認為可以「塞其兌，閉其門」（五十六章），就是塞住察覺外物的耳目等感官，禁閉馳向外界的慾望之門，只要靠「致虛」、

「守靜」（十六章），「滌除玄覽」（十章）的途徑，也就是只要通過靜觀冥想的途徑，就可以認識「道」，就可以認識世界。顯然，老子是把理性認識絕對化了，用理性認識把感覺經驗排斥到極其輕微的地位，這就使他在認識論上陷入了唯心主義。

老子在中國思想史上有着特別重要的地位和深遠廣泛的影響。早在先秦，不止道家的莊子，連儒家的荀子、法家的韓非等都曾受過老子思想的影響。韓非的著作中還有專門闡釋發揮老子思想的《解老》、《喻老》兩篇。漢朝初年，老子思想，特別是他「無為而治」的思想曾受到統治階級的極大重視。漢武帝罷黜百家、獨尊儒術而把儒家思想奉為正統思想後，在近兩千年的封建社會中，老子思想仍能一直同孔子思想相抗衡。魏晉玄學盛極一時，顯示了老子思想的巨大影響。而宋代理學也不無老子的影響。道教徒把老子奉為祖師，這雖與老子本人並無關係，但道教的思想的確受了老子思想的很大影響。與老子唯物主義理論的不徹底性有關，老子思想被後來分屬於唯物、唯心的不同哲學派別作出不同的解釋和發揮，對我國歷史上唯物主義和唯心主義兩大哲學流派的發展都很有影響。有人說：「《道德》八十一章，注者三千餘家。」這足見老子思想在後人心目中極其重要的位置，足見它對兩千多年來中國思想史的深遠影響。

《老子》是哲學著作，卻明顯帶有詩歌的特徵，所以，有人稱之為「哲理詩」，有人稱之為「哲理散文詩」。它有韻而不嚴格；常用對句，也用排句，但並不刻意追求嚴整一律，不以文害辭，句式靈活多變，流暢自如；通過許多比喻使抽象深奧的哲理具體化、形象化。

漢代以後，流傳下來的《老子》一書，有多種本子，歧異之處很多。我們譯注的正文，依據的是流行較廣的魏王弼本，只在個別處作了改動，已在注釋中說明。

《老子》一書，深奧難解，「玄之又玄」。我們學力不足，勉為其難。注譯過程中，廣泛吸取了古今學者的研究成果，其中更多地參考和吸取了現代學者高亨、朱謙之、任繼愈、張松如和陳鼓應等先生的意見，取捨未必得當，懇望讀者批評指正。

張玉春（暨南大學）
金國泰（北華大學）

# 目錄

## 上篇 道經

## 下篇　德經

# 上篇　道經

# 一章

把「道」作為哲學概念提出來，是從老子開始的，它貫穿《老子》全書。

本章極力稱述「道」高遠深奧、無可名狀而又至關重要，是萬物的始源和根本。老子認為宇宙是從「無」到「有」，是「無」產生了天地，天地又產生了萬物。四十章說：「天下萬物生於有，有生於無。」就是這個道理。至於「道」的本質是甚麼，是物質實體還是絕對精神，本章並沒有明示。

道可道①，非常道②；名可名③，非常名。

無④，名天地之始；有，名萬物之母⑤。故常無，欲以觀其妙；常有，欲以觀其徼⑥。此兩者，同出而異名，同謂之玄⑦。玄之又玄，眾妙之門⑧。

【注釋】❶道可道：前一個「道」和下句中的「道」，是《老子》書中的哲學概念，大致說來，它有兩方面涵義：其一，宇宙萬物的本源、本體；其二，循環往復、周而又始的運動。「道」有多方面的特點。對於老子「道」的體會，一直很不一致。當今學者對它的分析解釋，有唯物、唯心和二者兼有等不同認識（參見前言）。後一個「道」，是動詞，言說。❷常：王弼本及各本都作「常」，帛書甲、乙本同作「恆」。原本當作「恆」，因避漢文帝劉恆名諱而改作「常」。「常」「恆」同義，本譯注仍從通行習慣，不改。以下「常」字還有二十九例，帛書中只有十六章（四例）、五十二章（一例）和五十五章（二例）七例原來就作「常」，其餘二十二例都作「恆」。以下仿此章例，不改，也不再出注。❸名可名：前一個「名」和下一句的「名」，是老子特用的術語，是反映「道」的思維形式和表述「道」的語言形式，是稱說「道」的名稱。後一個「名」是動詞，是命名、稱謂的意思。❹無：與下文的「有」是哲學上的一對名詞。《老子》書中的「無」和「有」，常被用來指稱「道」。何浩堃、黃啟樂說：「『道』本身包含着『無』與『有』、『常無』與『常有』兩個不同的方面。『無』，是作為天地鴻蒙、混沌未分之際的命名；『有』，是作為萬物本原的命名。」「『無』和『有』分別代表世界產生過程的兩個階段。」（《從道的二重性看老子哲學體系的特點》）。❺母：母體，根源。可參見二十五章和五十二章。❻徼（jiào）：邊界，引申為端倪的意思。❼玄：原意是深黑色，在《老子》書中是經常出現的重要概念，有深遠、神秘、微妙難測的意思。❽眾妙之門：一切微妙變化的總門，指的是「道」。門是進出必經的通口，因此用來比喻天地萬物的唯一本原——「道」。

【翻譯】

道，可以説得出的，就不是永恆存在的道；名，可以叫得出的，就不是永恆存在的名。無，是天地原始的名稱；有，是萬物母體的名稱。所以要從常無中，去觀察道的微妙；從常有中，去觀察道的端倪。無和有這兩者，來源相同而稱謂不同，都可説是幽隱深遠而又幽隱深遠，一切玄妙皆自此門而出。

# 二章

本章內容包括兩部分。前一部分鮮明集中地體現了老子樸素的辯證法思想。他列舉了日常的社會現象和自然現象，如美與醜、善與惡、有與無、難與易、長與短、高與低等，由近及遠，說明了世間萬物不會孤立存在，而是互相聯繫，互相依存，互相作用，互相補充，任何事物都與自己的對立面同時存在，確認對立統一是永恆的、普遍的法則。後一部分提倡「無為」和不爭。老子認為理想的「聖人」應該是隨順自然，用甚麼也不做（「無為」）的方式對待世事，用甚麼也不說（「不言」）的方式教化民眾，對已經發生了的有功利的事情，既不管制，也不佔有。不爭功名。

天下皆知美之為美，斯惡已①；皆知善之為善，斯不善已。故有無相生，難易相成，長短相刑②，高下相盈③，音聲相和④，前後相隨——恆也⑤。是以聖人處無為之事⑥，行不言之教：萬物作而弗始⑦，生而不有，為而不恃⑧，功成而弗居。夫唯弗居，是以不去。

【注釋】❶已：通「矣」。❷刑：王弼本作「較」。河上公本和傅奕本作「形」，帛書甲、乙本都作「刑」，「形」或「刑」與上下句諧韻，今據帛書本改作「刑」。通「形」，這裏的意思是在比較、對照中顯示出來。❸盈：王弼本及各本都作「傾」，帛書甲、乙本同作「盈」，據改。「盈」的意思是充盈、補充。❹音聲：「音」和「聲」在古書中同義互用，但在這裏與「有」「無」、「難」「易」、「長」「短」等並列，也取相對立的意義。漢代鄭玄為《禮記・樂記》作注時說，合奏出的樂音叫做「音」，單一發出的音響叫做「聲」。❺恆也：各本都沒有這兩個字，今據帛書甲、乙兩本補入。❻無為：這是老子社會政治思想最重要的原則，意思是對於世事應該順乎自然，不必管束和干涉，任憑人們不經意地去做甚麼或不做甚麼。❼「萬物」句：王弼本作「萬物作焉而不辭」，今據帛書乙本及張松如《校讀》改定。作：興起，發生。始：通「司」（據高亨說）。治理，管制。與五十一章「長而不宰」之「宰」同義。另，有些學者把「始」解釋為倡導，提倡。❽恃：依賴。據河上公注解，這裏是希望報答的意思。

【翻譯】

天下都知道美之所以為美，醜的觀念也就產生了；都知道善之所以為善，惡的觀念也就產生了。所以有和無互相依存，難和易互相形成，長和短互相顯示，高和下互相補充，合音與單聲互相諧和，前和後互相接應——這是永恒不變的。因此聖人用無為的方式對待世事，用不言的方式施行教化：任憑萬物自然發生而不管制，生養萬物而不佔有，助長萬物而不望報答，功業成就而不自居。正因為不居功，所以功績也就不會離開他。

# 三章

老子雖然看到了矛盾突出、動亂不安的社會現實，卻沒有，或者說不能認識動盪的根本原因，因此才從一個方面提出了這樣的排難解紛的設想：只給人們以口腹的飽足，卻不讓他們有競爭的目標、慾望和心智；以為這樣人民就不會有競爭的行為，自然也就不會出現競爭動亂的社會了。從這種設想的具體含義看，老子主張「不尚賢」、「使民無知」，與「愚民政策」還不是一回事，他只是要人們回到一種無矛盾的「無為」境界。

不尚賢①，使民不爭；不貴難得之貨②，使民不為盜；不見可欲③，使民心不亂。是以聖人之治，虛其心④，實其腹，弱其志⑤，強其骨。常使民無知無欲，使夫智者不敢為也。為無為，則無不治。

【注釋】❶尚賢：崇尚賢才。這在老子時代是引人注重的進步主張。❷貨：財物。❸見：通「現」，現露，這裏是顯示、炫耀的意思。❹虛其心：使他們心裏空虛，無思無欲。❺弱其志：使他們減弱志氣。

【翻譯】

不標榜賢能，使人民不爭功名；不看重難得的財貨，使人民不行偷盜；不顯耀可能引起貪心的事物，使民心不被迷亂。因此聖人治理天下，總要簡化人民的思想，填飽人民的肚子，減弱人民競爭的意志，增強人民的筋骨。經常使人民沒有知識沒有慾望，使那些有才智的人也不敢妄為。能按照無為的辦法去做，那麼天下就不會不太平了。

# 四章

本章是對「道」的描述和讚頌。老子稱頌「道」雖然虛不見形，卻不是空無所有，而是無限博大，用之不竭；「道」無限深遠，雖然無法再向上追溯它的來歷，但卻可以向下追蹤，它不只像是萬物的宗祖，而且它也很像是上帝的先祖。因此，不是上帝造物，而是「道」生上帝，繼生萬物。

道沖，而用之或不盈①。淵兮②，似萬物之宗；〔挫其銳③，解其紛，和其光，同其塵，〕湛兮④，似或存⑤。吾不知誰之子，象帝之先⑥。

【注釋】❶「道沖」二句：可參見五章「虛而不屈」；四十五章「大盈若沖，其用不窮」。沖：通「盅」，器物虛空。不盈：不窮。❷兮：帛書本寫作「呵」，下同。❸「挫其鋭」四句：這幾句在五十六章重複出現，很多學者以為這裏是衍文。帛書甲、乙本有這幾句。本章不注不譯。❹湛（zhàn）：沉沒。段玉裁在《説文解字注》中説，古書中「浮沉」的「沉」多寫作「湛」。「湛」、「沉」古代讀音相同。這裏用來形容「道」隱沒於冥暗之中，不見形跡。❺似或存：似乎存在。連同上文「湛兮」，形容「道」若無若存。參見十四章「無狀之狀，無物之象，是謂惚恍」等句。❻象：似。也有人認為是顯像、出現的意思。

【翻譯】

道空虛無形，但它的作用卻不會窮盡。深遠啊，它像萬物的宗主；隱沒不見啊，又好像實際存在。我不知道它是從哪裏生出來，只知道它像是天帝的祖先。

# 五章

本章由天道推論人道，中心是清靜無為。老子認為，天地對萬物冷漠不仁，任隨它們生生滅滅；聖人對百姓也無所恩愛，任隨他們動作生息。自然和社會本來都像風箱一樣，虛空而不窮竭，動與靜會自然調節互補。老子告誡人們，增廣見聞不如清虛守靜，有為不如無為。

天地不仁，以萬物為芻狗①；聖人不仁，以百姓為芻狗。天地之間，其猶橐籥乎②？虛而不屈③，動而愈出。多聞數窮④，不如守中⑤。

【注釋】❶芻（chú）狗：用草紮成而專用於祭祀的狗，祭祀完畢，就把它扔掉或燒掉。本文用作比喻：天地對萬物，聖人對百姓都因不經意、不留心而任其自長自消、自生自滅。正如元代吳澄所說：「芻狗，縛草為狗之形，禱雨所用也。既禱則棄之，無復有顧惜之意。天地無心於愛物，而任其自生自成；聖人無心於愛民，而任其自作自息，故以芻狗為喻。」另一派說：「芻狗」，「乃始用終棄之物也」。「天地之於萬物，聖人之於百姓，均始用而旋棄，故以芻狗為喻，而斥之為不仁。」可供參考。❷橐籥（tuó yuè）：風箱，是冶煉時為爐火送風助燃的器具，據吳澄說。❸屈：竭盡。❹「多聞」句：「多聞」兩字，通行本作「多言」，焦竑說龍興碑作「多聞」，馬敘倫說《文子・道原篇》作「多聞」，帛書甲、乙兩本正作「多聞」。今據帛書本改作「多聞」。老子認為，見多識廣，有了智慧，反而破壞了天道。此句可參見十二章：「五色令人目盲，五音令人耳聾。」數：通「速」，意思是加快了。窮：困窮，無路可行。❺中：這裏指內心的虛靜。

【翻譯】

天地對萬物無恩無為，而聽憑它們自長自消；聖人對萬物也無恩無為，聽憑他們自生自滅。天地中間，大概像是風箱吧？空虛卻不會竭盡，動起來排風不止而生風不停。增廣見聞會加速困窮，不如保持內心的清靜。

# 六章

本章上承第四章，繼續描述和頌揚「道」。「道」能生天地養萬物，故曰「谷神」。不死言其歷久不衰，「道」是天地萬物的總根源，「道」無時不在，長用不竭。

**谷神不死①，是謂玄牝②。玄牝之門③，是謂天地根。綿綿若存④，用之不勤⑤。**

【注釋】❶谷神：據高亨說，谷神者，道之別名也。谷即穀，《爾雅・釋言》：「穀，生也。」《廣雅・釋詁》：「穀，養也。」谷神者，生養之神。另據嚴復在《老子道德經評點》中的說法，「谷神」不是偏正結構，是聯合結構。谷，形容「道」虛空博大，像山谷；神，形容「道」變化無窮，很神奇。❷玄牝（pìn）：玄妙的母性。這裏指孕育和生養出天地萬物的母體。玄：見一章注。牝：本義是雌性的獸類，這裏借喻具有無限造物能力的「道」。❸門：指產門。這裏用雌性生殖的產門來比喻造化天地的根源。❹綿綿：不絕的樣子。一說猶冥冥，不可見的形容詞。若存：據宋蘇轍解釋，是實際存在卻無法看到的意思。若：好像。❺勤：盡，竭盡。

**【翻譯】**

道這個生養天地萬物的神物長存永在，就叫做玄妙的母體。玄妙母體的產育之門，就叫做天地的本根。它好像綿綿不絕地存在，其作用是無窮無盡的。

# 七章

本章也是由天道推論人道，反映了老子以退為進，「無為而無不為」（三十七章）的思想主張。老子認為，天地長存的原因就在於不立意為自己而生，也就是「無為」、「不爭」、「無私」、順應自然，結果卻是得以「長生」；世間「聖人」效法天道，退身忘己，結果同樣也會得到本來沒有期望過的私利。

**天長地久。天地所以能長且久者，以其不自生，故能長生。是以聖人後其身而身先①，外其身而身存。非以其無私邪？故能成其私。**

**【注釋】** ❶身：自身，自己。以下三個「身」字同。先：居先，佔據了前位。這裏是高居人上的意思。

【翻譯】

天地是長存的。天地之所以能長存永在，是因為它們的生存不為自己，所以才能長生。因此聖人使自己居於人後，自己反能佔先；把自己置於度外，自己反得保全。這不正因為他沒有私念嗎？反而達到了他的私人目的。

# 八章

本章把「上善」的人，即「聖人」，比作水，並用水的性狀來描繪和歌頌「上善」之人的品格。頌揚方面雖多，但核心是謙退不爭。老子以為這才最接近「道」，有了這種品格才能夠無怨無咎。實際是要以柔克剛，以退為進，用不爭以達到爭的目的。

**上善若水①。水善利萬物而不爭，處眾人之所惡，故幾於道②。居善地③，心善淵④，與善仁⑤，言善信，正善治⑥，事善能，動善時。夫唯不爭，故無尤⑦。**

【注釋】❶上善：指上善之人。另，有人認為係指上等的善行。❷幾（jī）：接近。❸地：用作動詞性謂語，這裏的具體意義是選擇低下的地方。❹淵：深。這裏形容內心深沉的狀態。

❺「與善」句：與，同別人交接聯繫。帛書乙本此句作「予善天」，有的學者認為更符合老子思想。值得參考。❻正：通「政」。❼尤：過失。

## 【翻譯】

上善的人就如同水。水善於滋潤萬物卻不同萬物相爭，處在人人都厭惡的低下地方，所以它同道最接近。上善的人居處善於選擇地方，心胸善於保持深沉，待人善於貫通仁愛，言語善於講求信用，從政善於治國，臨事善於發揮才能，行動善於隨順天時。只因為與物無爭，所以沒有過失。

# 九章

本章告誡人們凡事要避免滿盈和嶄然外露，應該適可而止，知退守柔，這樣才符合天道，才可以免遭禍殃，長久不敗。可參見七十六章和二章後半部分。

**持而盈之①，不如其已②。揣而梲之③，不可長保。金玉滿堂，莫之能守；富貴而驕，自遺其咎。功遂身退④，天之道⑤。**

【注釋】❶「持而」句：抱持盈滿之勢，這裏隱指自滿自足、自我膨脹。另，「持」字在帛書甲、乙本中都寫作「植」，這與漢嚴遵寫作「殖」形近，張舜徽以為帛書寫法是「殖」的錯字，許抗生以為帛書寫法通「殖」，取積累的意思，那麼，全句就可解為積累以使之滿盈。可供參考。❷已：止。這裏與上句「持」相對，是不持，因此有退止、縮減的意思。❸「揣而」句：鍛造金屬器具，使之尖銳，這裏比喻鋒芒外露。揣：通「段（鍛）」，鍛造。梲（ruì）：通「銳」。河上公本及《淮南子·道應訓》作「銳」。王弼注文：「既揣末令尖，又銳之令利。」可證王弼古本原來也作「銳」。❹「功遂」句：可參見二章「生而不有，為而不恃，功成而弗居」。遂：成。❺天：成玄英認為說的是自然。

【翻譯】

抱持滿盈態度，不如相機退止。鍛造得尖銳鋒利，不能長久保全。金玉滿堂，沒有能守得住的；富貴而驕奢，就給自己留下了災禍。功業有成，便即身退，才合乎自然的道理。

# 十章

本章採用只問不答、寓答於問的形式，具體從六個方面提出個人修身養性乃至參與社會政治的指導性原則，基本精神就是形神合一、尚柔、淨心、無為、守雌和棄智。

**載營魄抱一①，能無離乎？專氣致柔②，能嬰兒乎？滌除玄覽③，能無疵乎？愛民治國，能無為乎④？天門開闔⑤，能為雌乎⑥？明白四達，能無知乎⑦？〔生之畜之⑧，生而不有，為而不恃，長而不宰，是謂玄德。〕**

**【注釋】** ❶「載營」句：全句是說精神（營魄）和形體（一）合為一體，不能分離。載：劉師培據王逸《楚辭》注，解為抱。營魄：魂魄，與形體相對的精神。抱一：據高亨說，「一」就是身，形體。「抱一」即守身。❷專：通「摶」，聚結。❸滌（dí）除：洗刷掉污垢灰塵。覽：高亨認為通「鑒」。帛書乙本作「監」，正是「鑒」的古字。在磨製的銅鏡出現以前，古人用盆盛水來觀照面容，這叫「監」（後來寫作「鑒」），也叫「水監」。玄覽：即玄鑒，這裏用作借喻，把幽深明澈的心靈直比為玄妙明淨的鑒。譯文意譯作「鏡」。❹為：王弼本作「知」。唐景龍碑作「為」，俞樾以為義勝而從之。此據改。❺天門：指人體天賦的耳、目、口、鼻等感官。開闔（hé）：開閉。這裏「開」指接受外物刺激，「闔」指不受外物刺激的干擾，有自我守靜的控制能力。❻為雌：王弼本、河上公本作「無雌」，傅奕本和帛書乙本（甲本缺文）都作「為雌」，據改。為雌，這與以柔克剛、以弱勝強的思想是一致的。意思是說當感官在感受外物時，能隨順外物，應而不為。❼知：王弼本作「為」。唐景龍碑作「知」，俞樾以為義勝而從之，帛書乙本作「知」，此據改。❽「生之」以下五句：在五十一章重見。馬敘倫認為這五句「與上文義不相應」，「為五十一章錯簡」。這裏不注不譯。

## 【翻譯】

精神和形體合一，能不分離嗎？聚結自然之氣以達到柔和的境地，能像嬰兒那樣純真嗎？洗刷玄妙的心鏡，能不染一塵嗎？愛民治國，能順乎自然而無所作為嗎？耳目口鼻和外物接觸，能順隨萬物、應而不為嗎？知道了天下四方的事情，能知而不以為知嗎？

# 十一章

本章主要論述「無」和「有」的關係，但這裏的「無」和「有」不是見於第一章指「道」而言的哲學概念，而是指廣泛反映在自然界和人類社會中的具體的「無」和「有」。「有」，是指可以觸及到的物質實體；「無」，是指物質實體的中空部分。通常，人們普遍重視各種實有，因為覺得它有作用；普遍忽視各種空無，因為未留心它有甚麼作用。老子用車轂、陶器和居室三例，說明世間萬物無不存在具體的「有」和「無」的對立統一，實有之物會給人們帶來各種便利，但是它有賴於自身空無部分的補充、配合作用。有與無，利與用，是互相依存的。

**三十輻共一轂①，當其無、有②，車之用。然埴以為器③，當其無、有，器**

之用。鑿户牖以為室④，當其無、有，室之用。故有之以為利，無之以為用。

【注釋】❶輻（fú）：車輪中連接軸心和輪圈的若干直木條，如同現代自行車的輪條。共：通「拱」，環抱，圍繞。轂（gǔ）：車輪中心有圓孔的部位，裏邊貫軸，外邊承接車輻。❷「當其」八句：帛書本在三個「用」字下都有語氣詞「也」。對這一段文字的另一種斷句方法是：「當其無，有車之用。然埴以為器，當其無，有器之用。鑿戶牖以為室，當其無，有室之用。」斷句法不同，理解也有分歧。本章斷句依據馬敍倫、高亨和張松如等人意見。當：配，配合。這裏是使動用法。另，高亨以為「當」相當於「在」的意思。❸然：王弼本作「埏」，這裏根據帛書甲本改作「然」。「然」是「燃」的古字，這裏具體指製陶時在窯內燃火燒烤土坯。埴（zhí）：黏土。❹戶牖（yǒu）：戶是門，牖是窗。這裏以「戶牖」代替屋室的結構部件。

【翻譯】

三十根輻條裝於一個轂上構成車輪，有了空的轂心和實有的轂體，才能安裝在軸上起車輪的作用。烘燒土坯製成陶器，有了空的陶腹和實有的陶體，才能起到器皿容納的作用。開鑿門窗建造房屋，有了屋內的空處和實有的門窗牆壁，才有房屋住人的作用。所以，有給人們提供物質便利，無發揮實際作用。

# 十二章

本章核心是主張「為腹不為目」，也就是只希望實現最低程度的安飽平靜的生活，禁絕感官對紛繁多樣的物質世界的慾求。老子認為，擴張外慾、接受外物的多種誘惑和刺激會令人失去本真而生出心智巧偽，會擾亂人的思想行為，因此破壞了自然清靜。這與前面第三章的基本思想傾向是一致的。

**五色令人目盲①，五音令人耳聾②，五味令人口爽③，馳騁畋獵令人心發狂④，難得之貨令人行妨⑤。是以聖人為腹不為目⑥，故去彼取此⑦。**

【注釋】❶目盲：比喻眼花繚亂，即俗語説的「看花了眼」。這實際是説外物誘惑增多，人就會不知飽足，縱慾不止。以下「耳聾」、「口爽」與此同例。❷五音：指宮、商、角、徵（zhǐ）、羽五種音調。耳聾：比喻聽覺遲鈍、麻木，不辨清濁優劣。❸爽：傷敗。古人有時用「爽」稱口病。這裏與上面「盲」、「聾」相對，是不能分辨滋味的意思。❹畋（tián）：打獵。發狂：高亨説「發」字是衍文。❺行妨：操行受到損害。這裏可以理解為特指發生劫奪、偷盜行為，參見第三章：「不貴難得之貨，使民不為盜。」❻為腹不為目：用「腹」表示非常容易滿足的簡單清靜的生活，用「目」代表耳、口、身、心，表示不易滿足、容易產生巧偽和打破清靜的慾望。可參見第三章：「不見可欲，使民心不亂」，「虛其心，實其腹，弱其志，強其骨」。❼彼：指「為目」的生活。此：指「為腹」的生活。又高亨説：「故去彼取此」，復申前文，似後人注語。供參考。

【翻譯】

五色使人視覺不明，五音使人聽覺不靈，五味使人味覺不清，縱馬狩獵使人心思狂蕩，難得的財物使人操行損壞。因此聖人教導百姓只求安飽而不貪聲色，所以捨棄那些物慾而只求飽足。

# 十三章

本章反映了老子寵辱居下、無我利物的思想。崇尚屈辱、甘居人下，這是老子貴柔、守雌的一貫思想。無我，並不是忘卻自我和拋棄自我，而是不為個人利益患得患失，要以自身為天下，但最終還是以退為進，以不爭為爭，以無我的策略達到了利我的結果，自身得到了天下。可參見前面第七章和後面第二十八章、七十八章和八十一章的有關內容。

學者對本章一些字詞文句及通章大意的理解分歧較多。如有些學者認為本章意在說明「貴身」的思想；又如有的學者認為本章大意是說「聖人」不以寵辱榮患等身外之事易其身，還是接着上章「是以聖人為腹不為目」一義說的。這些說法可供參考。

寵辱若驚，貴大患若身①。何謂寵辱若驚？寵為下②，得之若驚，失之若驚，是謂寵辱若驚。何謂貴大患若身？吾所以有大患者，為吾有身；及吾無身，吾有何患？故貴以身為天下③，若可寄天下；愛以身為天下，若可托天下。

【注釋】❶「寵辱」二句：這兩句總領全文，但不易理解，爭論較多。根據劉師培、馬敘倫和張舜徽等人的說法，「寵」與「貴」是對文，都是動詞，「寵」是說尊寵、寵愛，「貴」是說重視；「辱」與「大患」是對文，分別作「寵」和「貴」的賓語。❷寵為下：寵愛居於下位。為下，是對上句「辱」的具體解釋。老子主張「知其白，守其辱，為天下谷」（二十八章），認為「貴以賤為本，高以下為基，是以侯王自稱孤、寡、不穀」（三十九章）。❸「故貴」以下四句：依高亨說，這是主張無身、無我、無私。八十一章說：「聖人不積，既以為人，己愈有；既以與人，己愈多。天之道，利而不害；聖人之道，為而不爭。」與這種思想是一致的。這四句譯文參考了許抗生的譯法。若：相當於「乃」，就。

【翻譯】

尊寵卑辱以至於為它驚惶不安，重視大憂患以至於如同重視自身。甚麼叫尊寵卑辱以至於為它驚惶不安？因為所尊寵的卑辱居於下位，得到它會驚喜不安，失掉它會驚恐不安，所以說尊寵卑辱以至於為它驚惶不安。甚麼叫重視大憂患以至於如同重視自身？我之所以有大憂患，乃是因為我有此自身；假如我無此自身，那麼我有甚麼憂患呢？所以，看重以自身為天下的，就可以把天下寄交給他；情願以自身為天下的，就可以把天下託付給他。

# 十四章

本章着力描述「道」。「道」神妙莫測，超出現實世界中人們的各種感覺，因此人們無法繪其色，摹其聲，述其狀。但它雖似無狀而有狀，雖然縹緲卻不虛無，雖然恍惚迷離、不見頭尾，卻可以迎之、隨之，因而是實在的。章末又講了「道」的運用，掌握了「道」，可以治今知古，這是「道」的規律。

視之不見，名曰夷①；聽之不聞，名曰希②；搏之不得，名曰微③。此三者不可致詰，故混而為一④。其上不皦⑤，其下不昧，繩繩不可名⑥，復歸於無物⑦。是謂無狀之狀，無物之象，是謂惚恍⑧。迎之不見其首，隨之不見其後。執古之道，以御今之有⑨，能知古始⑩，是謂道紀。

【注釋】❶夷：泯沒無跡。與下文的「希」、「微」都用來稱述超出人們正常感覺的「道」。張松如說：「視、聽、搏之與夷、希、微，諸本交錯，似無固誼，大約都是幽而不顯的意思，不過就視、聽、搏幾個不同方面言之罷了。」❷希：寂然無聲。❸微：沒有形狀。❹「故混」句：這是說「道」是還未分化成具體事物的原始物質。二十五章說「有物混成」，與此同義。故：高亨以為通「固」，原本、本來的意思。混：指渾然一體，未經分解。❺皦（jiǎo）：光明。❻繩繩：綿綿不絕，不見端緒的樣子。名：帛書乙本作「命」，這裏是命名、稱名的意思。不可名，是無法稱呼它。參見第一章：「道可道，非常道；名可名，非常名。」二十五章：「吾不知其名，強字之曰道，強為之名曰大。」❼「復歸」句：陳鼓應說，和十六章「復歸其根」意思相同。復歸，就是還原。無物，不是一無所有，它是指不具任何形象的實存體。「無」是相對於我們感官來說的，任何感官都不能知覺它（「道」），所以用「無」字形容它的不可見。❽惚恍：即恍惚，雙聲連綿詞，這裏顛倒前後兩個字，是為了諧韻。二十一章說：「道之為物，惟恍惟惚。惚兮恍兮，其中有象；恍兮惚兮，其中有物。」與此同理。恍惚就是若有若無、閃爍不定的樣子。❾有：這裏指現實存在的具體事物。與第一章專指稱「道」的名詞「有」不同。❿古始：遠古的起源，也就是宇宙的原始或「道」的端始。

【翻譯】

看它看不見，稱它作夷；聽它聽不到，稱它作希；摸它摸不着，稱它作微。這三種名物無法推究，原本就是渾然一體。它的上面不明亮，它的下面不陰暗，它綿長不絕無法稱名，返本歸根又空不見物。叫做沒有形狀的形狀，沒有物象的形象，這就叫惚恍。迎着它卻看不見它的前頭，跟隨着它又看不見它的終尾。掌握住古遠的道，用來駕馭現實的具體事物，能了解遠古的起源，這就叫道的規律。

# 十五章

本章專門描述和歌頌得「道」的人。他「微妙玄通，深不可識」，因此無法為他寫狀，只能勉強通過多種比喻來描述他的舉止形容、精神境界、超常能力和行為原則。他謹慎穩重，心存戒懼；他莊重而又渙散，樸實而又虛曠；他如愚而實不愚；他能居靜守柔而由之生動出強；他堅持戒滿守缺的原則。

古之善為道者，微妙玄通，深不可識。夫唯不可識，故強為之容：豫兮若冬涉川①，猶兮若畏四鄰②，儼兮其若客③，渙兮若冰釋④，敦兮其若樸，曠兮其若谷，混兮其若濁⑤，〔澹兮其若海，飂兮若無止⑥。〕孰能濁以靜之徐清⑦？孰能安以動之徐生？保此道者不欲盈⑧。夫唯不欲盈⑨，故能敝而不成⑩。

【注釋】❶豫：與下句中的「猶」合起來是古今都常見習用的雙聲連綿詞「猶豫」，這裏由於表達的需要，把它拆開分用到上下兩句中，兩處都表示猶豫的意思。譯文取大意。兮：王弼本作「焉」，同下幾句不相應。今據傅奕本改作「兮」。❷四鄰：這裏指周邊鄰國。❸客：王弼本作「容」。河上公本、傅奕本和帛書甲、乙本都作「客」，據改。❹「渙兮」句：王弼本作「渙兮若冰之將釋」。帛書甲、乙本無「之將」二字，據刪。渙：渙散，流散。❺「混兮」句：高亨說這一句的意思是「去察」，就是去除明察。據此，可理解這是比喻不顯露聰慧明智，因而表面愚昧，糊裏糊塗，像泥沙混雜的濁流一樣。老子主張內斂，如四十一章「明道若昧」、「大音希聲」，四十五章「大盈若沖」、「大巧若拙」，五十八章「光而不耀」。另，任繼愈此句的譯文是：「包容一切啊，（他）像長江大河一樣的混濁。」❻「澹兮」二句：這是今見各本二十章中的句子，但與二十章上下文意不相應，嚴靈峰認為同本章各句文例一律，陳鼓應據嚴說移入本章。此從之。澹（dàn）：淡泊、沉靜。飂（liù）：高風。這裏形容飄逸無止境。❼「孰能」以下二句：王弼本「動」字上有「久」字，景龍本、吳澄本和帛書甲、乙本都沒有，據刪。這兩句各本文字互異，各家理解不一。吳澄說：「濁者動之時也，動繼以靜，則徐徐而清矣。安者靜之時也，靜繼以動，則徐徐而生矣。安謂定靜，生謂活動，蓋惟濁故清，惟靜故動。」文中「濁」「動」「生」屬於動的方面，與之相對的「清」「靜」「安」屬於靜的方面。可以認為，這裏是以疑問的對句形式，表述只有得「道」之人才能守靜，而由靜會自然生動，這也就是說，要居守陰柔，才能生出陽剛。守靜、尚柔是老子思想的重要原則。❽不欲盈：不貪求圓滿極至。戒滿守缺也是老子的一貫原則。❾「夫唯」

句：王弼本沒有「欲」字，此據帛書甲本和前後文意補入。❿「故能」句：王本作「故能蔽不新成」，帛書乙本作「是以能褩（敝）而不成」，甲本缺字，傅奕本作「是以能敝而不成」。諸家所據不一，說法頗多。今參酌改作「故能敝而不成」。敝：破敗，引申為破損、破殘、殘缺不全。成：完成，引申為完備、完滿的意思。本句譯文採用意譯。

## 【翻譯】

古代善於行道的人，幽微、精妙、玄奧、通達，高深得無法看透。正因為無法看透，所以勉強對他作些形容：小心謹慎啊像嚴冬裏蹚水過江河，瞻前顧後啊像畏懼周圍的鄰邦，矜持莊重啊像是賓客，渙散不羈啊像冰凍融解，敦厚樸實啊像原初的木材，空曠開闊啊像山壑空谷，混沌黯然啊像江河的濁流，（淡泊沉靜啊像深廣的大海，飄逸自如啊像沒有定止。）誰能面臨翻滾的濁流而讓它安靜下來，慢慢地澄清？誰能在安定中運動起來，慢慢地加大運動？保持此道的人不貪求滿盈。正因為不貪求滿盈，所以能夠實際做到有所虧缺而不盡完滿，但卻永遠不會窮盡。

## 十六章

本章前一部分講「致虛」、「守靜」和「歸根」、「復命」，歸結出「復命曰常」的重要觀點；後一部分從正反兩方面論述「知常」的重要功用。「致虛」和「守靜」是要實現並守護內心的透明、虛無與安靜，這與整個外在世界的虛靜是和諧一致的。「復命曰常」是老子對世間萬物變化的總認識。他認為，現象雖然紛紜眾多，但都是循環往復的簡單過程，由靜生動，由動歸靜，從哪個虛靜的原點發生，還要歸結到哪個虛靜的原點上。所以，動是相對的，靜是絕對的，動只是在靜中的動，靜主宰着動。「歸根」「復命」的虛靜是永恆不變的矛盾法則，叫它作「常」。二十六章「靜為躁君」，是這一思想的重現。老子又主張把這種認識運用到社會政治生活中去，認為：如果不接受「歸根」「復命」的原則，就會輕舉妄動，就會遭受禍殃；如果順應這一原則，就可以包容一切，坦然大公，做天下王，符合自然，符合「道」，安常處順，免遭禍殃。有人以為，這種思想實際上就是後來莊子所說的「內聖外王」之道。

**致虛極①，守靜篤②。萬物並作③，吾以觀復④。夫物芸芸⑤，各復歸其根⑥。歸根曰靜，是謂復命⑦。復命曰常⑧。知常曰明；不知常妄，妄作凶⑨。知常容⑩，容乃公，公乃王，王乃天，天乃道，道乃久，沒身不殆。**

【注釋】❶「致虛」句：老子的「虛極」並不是窮盡，參見五章：「虛而不屈，動而愈出。」四十五章：「大盈若沖，其用不窮。」❷篤（dǔ）：厚，實。❸作：興起。「作」本包含着由原初的不動而開始動，由未起而起的意思；這裏指由虛靜而開始發生發展。❹以：通「已」。復：返還。這裏承上句指萬物回歸到原來的狀態，由作而復歸到不作的虛靜狀態。❺芸芸：紛繁眾多的樣子。❻復歸其根：簡言之，就是下句的「歸根」。「歸根」是回歸到始根本原，而始根本原是虛靜。❼「歸根」二句：張松如說：「老子是以『歸根』一辭作為『靜』的定義，又以『復命』一辭作為『靜』的寫狀。如果說『並作』包含着『動』的意思，那麼『歸』『復』便屬於『靜』的境界。正是在這『靜』的境界中再孕育着新的生命，此所謂『靜曰復命』。」（張松如據他本改「是謂復命」為「靜曰復命」。）復命：就是復歸性命本原，這一本原是虛靜，是蘊育着動的虛靜，又是動後復歸的虛靜。❽常：恆常不變，這裏的特定含義是制約萬物動靜變化的長久不變的法則，即規律。❾「不知」二句：各本在「常」下只有一個「妄」字，在「常」下停句，今據帛書「妄」下重文符號補入一個「妄」字。❿容：包容，無所不包。王：勞健根據諧韻關係、王弼注文「無所不周普」和道藏龍興碑本「生」字異文，判定「王」是「全」的訛字，朱謙之、張松如和陳鼓應都支持此說，但是，各本無一作「全」者，帛書甲、乙本都作「王」，所以，勞健說雖融通有據而未取。「王乃」四句：高延第認為，這幾句就是二十五章「人法地，地法天，天法道，道法自然」的意義。殆（dài）：危險。

## 【翻譯】

讓內心虛無達到頂點，要切實不移地守護清靜。雖然萬物都發生發展，我已經觀察到其返還的過程。萬物紛繁眾多，都要重返它們的本原。返回本原就是虛靜，這就是回歸於性命本原。回歸於性命本原是順乎自然的規律。認識了自然規律才是聰明；不認識自然規律便會輕舉妄動，輕舉妄動會遭受禍害。認識自然規律就能無所不包容，能包容一切才能大公無私，大公無私才能主宰天下，主宰天下才能順應自然，順應自然才能符合道，符合道才能長久，終生不會遇到危難。

# 十七章

本章從百姓感受和反應的不同，順次排列了四種君主。老子認為，堪稱「太上」，即最符合於「道」的聖君明主，對百姓不僅沒有欺哄謊騙，沒有律令刑罰，而且也沒有德澤撫愛。因此，百姓對這樣的君主也沒有甚麼恩怨毀譽，僅知有君而常似無君，這就是擺脫了君主的命令干預，一切都順應自然，實現了「處無為之事，行不言之教」（二章）。

太上①，下知有之②；其次③，親而譽之④；其次，畏之⑤；其次，侮之⑥——信不足，焉有不信⑦。悠兮其貴言⑧。功成事遂，百姓皆謂：「我自然⑨。」

【注釋】

❶太上：至上，最好。這裏指最好的君主。❷「下知」句：下民百姓只知道有君主存在。其原因是這種君主不僅不建樹轟轟烈烈的功業，而且也不以任何方式闖入百姓平靜自在、無拘無束的生活。下：指下民百姓。❸其次：指次一等的君主。❹「親而」句：百姓親近並歌頌他。其原因是他立善行施，以德政撫愛百姓。❺畏之：畏懼他。其原因是有威權律令、嚴刑苛法。❻侮之：輕慢他。其原因是賞罰不明，缺乏誠信。高延第說：「政教不立，刑賞貿亂，百姓叛之。」❼「信不」二句：王弼本作「信不足焉有不信焉」。帛書甲、乙本和傅奕本都沒有後一個「焉」字，今據以刪去。前一個「焉」字，應在下句之首，相當於「於是」，此據王念孫說（見《讀書雜誌》）。「焉」字的這種用法，也見於帛書第十八章。❽其：指「太上」之君。貴言：以言為貴，就是不輕易出言，這裏指慎於言教，不輕易發號施令。❾「百姓」二句：是說君主「處無為之事，行不言之教」，所以，百姓有所成就，都不認為有君主的作用。《帝王世紀・擊壤歌》：「日出而作，日入而息，鑿井而飲，耕田而食，帝力於我何有哉？」正反映了這種「無為而治」的思想。自然：本來如此。《老子》書中的「自然」一語在本章、二十三章、二十五章、五十一章和六十四章共出現五次，都不表示客觀存在的自然界，而表示不加外來的強制力量，任其自成自就，也就是原本如此的狀態。

【翻譯】

最好的君主，下民百姓只知道有他這個人；次一等的君主，百姓親近並頌揚他；再次一等的君主，百姓畏懼他；更次一等的君主，百姓輕慢他——上面誠信不足，於是就會有人不信任上面。聖君明主多麼悠閒啊，他很少發號施令。事情成功了，百姓都說：「我們本來就是這樣的。」

# 十八章

老子慨歎世風不古，每況愈下，即「失道而後德，失德而後仁，失仁而後義」。他揭示出在德政禮治社會中被一個方面所掩蓋着的另外一個方面，指出與人們所褒揚的仁義、智慧、孝慈和忠良等相對存在的是大道廢棄、飾偽萌生、六親不和、國家昏亂。這種認識滲透着十分可貴的辯證法思想。另外，本章顯然流露出這樣的認識：只有摒棄智慧，摒棄行為準則（仁義），才符合大道，才能返回渾厚純樸、自然無為的原初社會。這與上章崇尚「太上」聖君、下章「絕聖棄智」等思想，是一氣相通的。

**大道廢①，焉有仁義②；慧智出③，焉有大偽；六親不和④，焉有孝慈；國家昏亂⑤，焉有忠臣。**

【注釋】❶大道：這裏是老子理想社會的最高原則。它所要求的是純樸自然、無邪無爭、沒有任何政教律令的原初社會狀態。❷焉有仁義：河上公本、王弼本無「焉」字。帛書甲本作「案」字，乙本作「安」字，古「案」「安」相通。傅本作「焉」，據改。焉，即於是也，義與案同。以下「焉有大偽」等三句同例。❸慧智：與「智慧」同。老子以為智慧出是對無知無欲的原初社會的破壞。❹六親：指父子、兄弟、夫妻。❺國：各本都作「國」。帛書甲本作「邦」。原本當作「邦」，晚於甲本的乙本及其後各本因避漢高帝劉邦名諱而改作「國」。「邦」「國」是同義詞，本譯注從通行習慣，不改「國」字。全書「國」字共二十八例，帛書甲本十章、六十章缺文，五十九章作「國」，其餘都作「邦」。以下仿此章例，都不改，也不再出注。

【翻譯】

大道廢棄了，於是宣揚仁義；智慧產生了，於是滋生虛偽；家庭不和順了，於是需要子孝父慈；國家昏亂了，於是標榜忠臣。

# 十九章

與前章接連貫通，本章主要述說消除社會弊病的主張。他主張返本歸真，以實現無私、無欲、無學，因此也就無為、無爭和無憂。

**絕聖棄智①，民利百倍；絕仁棄義，民復孝慈②；絕巧棄利③，盜賊無有。此三言④，以為文不足⑤，故令有所屬⑥：見素抱樸⑦，少私寡欲，絕學無憂⑧。**

【注釋】❶聖：聰明。高亨說，《老子》書中「聖」字取「聖人」義有三十餘次，只有這一個「聖」字的意思是「博通深察」、「大智」。❷「絕仁」二句：承上章，可知老子說「絕仁棄義」是要恢復「大道」。因此，「民復孝慈」不是維持「六親不和」中難得的家庭孝慈，而是恢復「大道」後體現於社會的敬老愛幼、融洽和睦的人際關係。❸「絕巧」句：老子認為，沒有稀世奇巧之物，就不會有盜賊，正如第三章說：「不貴難得之貨，使民不為盜；不見可欲，使民心不亂。」巧、利：王弼注：「用之善也。」與上文「聖」「智」、「仁」「義」文例相同，「巧」「利」意義並列相關。「巧」指隨着社會發展而出現的精巧工藝、進步技術，「利」指稀有物品，可以包括便利的生產生活用品，也可以包括奢侈品。另，陳鼓應譯此句為：拋棄掉巧詐和貨利。❹三言：王弼本及各本都作「三者」，帛書甲、乙本同作「三言」，據改。❺文：法度，原則。❻屬：歸屬，適從。❼見：「現」的古字，顯露，外現。素：沒有染色的生絲。這裏比喻原初狀態，單純，不加文飾，不華麗。抱：持守，這裏指守護內心。樸：沒加工的原木，這裏比喻質樸純真。❽「絕學」句：王弼本及其他各本都把這句放在下章的開頭。蔣錫昌據文意認為應作本章的「總結」，高亨更從句法、諧韻和文意三方面證明「應屬本章」。今多從此說，此據以移入本章。

【翻譯】

拋棄掉聰明和智巧，人民就能獲益百倍；拋棄掉仁和義，人民就能恢復敬老愛幼的天性；拋棄掉技巧和稀奇物品，盜賊就會絕跡。這三句話，當作原則還不夠，所以要讓人們有所遵循：外表單純，內心質樸，減少私心，收斂慾望，拋棄掉學識，就能無憂無慮。

# 二十章

本章先述説是與非、美與惡等相對相反的關係常被混淆，而且由於判斷標準的不同常被顛倒。由此進一步正話反説，用顛倒了的標準審視芸芸眾生和得「道」之「我」，説俗眾和樂、閒適、充裕、明察、有為，説「我」孤靜無依、空無所有、愚昧糊塗、低劣無為。這是「形似自嘲實則自讚」（張松如語），意在説明唯「我」才脱羣超俗、漠視人間聲色利祿，最後點出「我」獨自超人之處在於重視人生之本的「道」。

**唯之與阿①，相去幾何？美之與惡②，相去若何？人之所畏，不可不畏。荒兮，其未央哉③！眾人熙熙④，如享太牢⑤，如春登台。我獨泊兮⑥，其未兆⑦；**

如嬰兒之未孩⑧，儽儽兮，若無所歸⑨。眾人皆有餘，而我獨若遺⑩。我愚人之心也哉！沌沌兮⑪！俗人昭昭⑫，我獨昏昏⑬。俗人察察⑭，我獨悶悶⑮。〔澹兮其若海，飂兮若無止⑯。〕眾人皆有以⑰，而我獨頑且鄙⑱。我獨異於人，而貴食母⑲。

【注釋】❶唯：順從的答應，應諾。阿：通「訶」，帛書甲本作「訶」。與「唯」正是反義，呵斥。唯之與阿：劉師培以為如同說順從和違背的意思。因此有肯定和否定、是與非這樣的對立意義。❷美：王弼本作「善」，帛書甲、乙本和傅奕本都作「美」，與二章「美」「惡」並出相應。王弼注文：「美惡相去何若。」可知王弼本原作「美」，據改。唯阿、美惡兩句，就是說前後二者相去無幾，應慎之又慎。❸「荒兮」二句：這是慨歎與世俗相反，距離很遠（據王弼注）。下文正是列舉相反的各種表現。荒：廣遠的樣子，這裏指距離大、遠。央：極盡。高亨說：荒兮其未央，猶云茫茫其無極也。❹熙（xī）熙：和樂的樣子。❺享：通「饗」，饗食，享受。太牢：祭祀時所用的牛、羊、豬三牲。❻我：不是老子自稱，而是指得道之士。❼泊：淡泊、無為。❼兆：徵兆，跡象。❽孩：與「咳」原為異體字，《說文解字》解為「小兒笑」，這是字本義。❾「儽儽」二句：《史記•孔子世家》有「纍纍若喪家之狗」句，與此句的表面意義相同。儽（lěi）儽：疲勞的樣子，這裏有懶散、懈怠的意思。本句的內在意義是說，得「道」的「我」無情無欲，表面疲憊懈怠，行動又放任不拘，好像沒有歸所一樣。

❿「眾人」二句：是說眾人全都懷有抱負、志趣，意滿心胸，而唯獨我廓然無為無欲，好像遺失了甚麼。另，奚侗說：「『遺』借作『匱』，不足之意。」可供參考。⓫沌（dùn）沌：愚昧無知的樣子。高亨以為通「惷（蠢）」，帛書甲本正作「惷」。⓬昭昭：光彩炫耀的樣子。這裏形容智巧外現。⓭昏昏：暗昧不明的樣子，這裏形容糊塗。⓮察察：明辨的樣子。⓯悶悶：昏暗不明的樣子。蔣錫昌說：「『昭昭』與『察察』，『昏昏』與『悶悶』皆詞異義近，不必強為分別。」⓰「澹兮」二句：前移至十五章，見該章注。本章不譯。⓱以：用。有以：有所施用，即有所作為。⓲頑且鄙：愚頑、鄙陋。與上文相對，含「無為」義。且：王弼本作「似」。傅奕本作「且」。王弼注文有「故曰頑且鄙也」句，可知王弼本原作「且」，據改。另：俞樾認為「似」當讀作「以」，而帛書甲、乙本都作「以」，「以」也可以有連詞「且」的用法，供參考。⓳貴食母：守本重道。這與世人捨本逐末、競於利祿是遠不同的。母，比喻「生之本」的「道」。這種用法在《老子》全書中多次出現，如一章「萬物之母」、二十五章「可以為天地母」、五十二章「復守其母」。食母，養育萬物的「道」。

## 【翻譯】

應諾與呵斥，相差才多少？美好和醜惡，相差又多大？人們所懼怕的事情，我也不能不懼怕。離得遠啊，遠得沒有終極！大家都高高興興，如同享食三牲，如同春季裏登台賞景。唯獨我淡泊無為，對周圍沒有反應；如同嬰兒還不會笑，鬆鬆散散好像無處可歸。大家都意氣有餘，唯獨我好像丟失得乾乾淨淨。我有的只是愚人的心啊！呆呆蠢蠢的！世俗的人都智巧外露，唯獨我昏昏沉沉。世人都清清楚楚，唯獨我糊塗不明。大家都有所作為，唯獨我愚昧拙笨。我期望的與別人不同，只認為生養萬物的道最貴重。

# 二十一章

本章緊承前章末句「貴食母」，進一步集中具體地描述「道」。「道」雖然恍恍惚惚，但是「其中有象」，「其中有物」，「其中有精」，萬物都從它那裏開始。因此，「道」雖然似乎不可捉摸，卻並不虛無，它真實存在着。這與十四章對「道」的描述遙相聯繫，互相補充。

孔德之容①，惟道是從。道之為物，惟恍惟惚②。惚兮恍兮，其中有象；恍兮惚兮，其中有物。窈兮冥兮③，其中有精④。其精甚真，其中有信⑤。自今及古⑥，其名不去，以閱眾甫⑦。吾何以知眾甫之狀哉？以此⑧。

【注釋】❶孔德：指有大德的人。孔，大。容：舉止形容，動作行為的狀態。❷「惟恍」句：就是恍惚，為了與下句「象」諧韻而顛倒了前後兩個音節。「惟」是夾入的語氣詞，下句又夾「兮」。參見十四章「惚恍」注。❸窈（yǎo）：深遠。冥（míng）：幽暗。❹精：指精氣，是極細微的物質性實體。❺信：信驗，徵驗。❻「自今」句：王弼本作「自古及今」。帛書甲、乙本及傅奕本作「自今及古」，據此改。❼眾甫：萬物的開始。❽此：指「道之為物」至「其中有信」這一段文字所描述的「道」。

【翻譯】

有大德的人的舉止形容，只從屬於道。道這個東西，恍恍惚惚似有若無。惚惚恍恍啊，那裏面有形象；恍恍惚惚啊，那裏面有實物。深遠幽暗啊，那裏面有極細微的精氣。那精氣特別真實，是可以得到徵驗的。從現今上推遠古，它的名字不能廢除，要靠它來觀察萬物的始初。我憑甚麼知道萬物發端的狀態呢？就靠這些。

# 二十二章

本章中的辯證法思想很鮮明，而曲全、退讓、戒滿、尚虛的思想也很鮮明。老子認為人們應該首先立足於「曲」「枉」「窪」「敝」「少」等柔下的一面，這才能最終達到「全」「直」「盈」「新」「得」「不惑」的目的；因此，只有做到「不自見(現)」、「不自是」、「不自伐」和「不自矜」，才是做到了守身自愛，才能成為天下人的榜樣。老子認為，只有「不爭」，才沒有人同他爭。這種以退為進的思想與他以「無為」而為的思想是完全一致的。

「曲則全，枉則直，窪則盈，敝則新，少則得，多則惑①。」是以聖人抱一②，為天下式③。不自見④，故明；不自是，故彰；不自伐⑤，故有功；不自矜，故長。夫唯不爭，故天下莫能與之爭。古之所謂「曲則全」者，豈虛言哉？誠全而歸之⑥。

【注釋】❶「曲則」六句：據後文可知這是古語。❷抱一：守身，潔身自愛。見十章注。❸式：法式，典範。❹自見：自現，自我顯示。見，「現」的古字。❺伐：誇耀。❻「誠全」句：蔣錫昌說：「言人苟行『曲』之道者，則全身之效，能確實歸其所有也。此句與上句『豈虛言哉』相應。」誠：確實。全：就是「曲則全」中的「全」。之：指守「曲」「不爭」者，即「抱一」的「聖人」。

【翻譯】

「委曲就能保全，屈枉就能正直，低窪就能充盈，敝舊就能更新，少取就能實得，貪多就會迷惑。」因此聖人潔身自愛，做天下人的典範。不自我顯示，所以昭著顯明；不自以為是，所以明白昭彰；不自我誇耀，所以獲得功勞；不自高自大，所以為人稱美。只因為不爭，所以天下沒有誰同他爭。古人所說「委曲就能保全」這樣的話，難道是空話嗎？確實能把保全的效驗歸其（指聖人）所有。

# 二十三章

本章強調「道」的原則，告訴人們要相信「道」，與「道」一致，循「道」行事，因此就會得到「道」，就會取得成功，否則就會失掉「道」，就會失敗。

有人認為本章與十七章相對應，再次標示出「希言」（十七章作「貴言」，兩種說法相通）的政治思想，以求清靜無為，合乎自然。可供參考。

希言自然①。故飄風不終朝，驟雨不終日。孰為此者？天地。天地尚不能久，而況於人乎？故從事於道者，同於道②；德者，同於德；失者③，同於失。同於道者，道亦樂得之；同於德者，德亦樂得之；同於失者，失亦樂得之。信不足，焉有不信④。

【注釋】❶希：通「稀」。言：指政教法令。「希言」與十七章「貴言」相應。和五章「多言數窮」成一對比。又奚侗、馬敘倫認為此句上下疑有脫文。可供參考。❷「同於」句：王弼本作「道者同於道」，承前句句尾，重複「道者」二字，俞樾認為重複二字是衍文，帛書甲、乙本都未重複，今據刪。❸失者：指失道、失德。另高亨說：「失」當作「天」，形近而訛。《莊子・大宗師篇》：「天而生。」釋文「向崔本作失而生」，即「天」「失」互誤之證。老、莊特重「道」「德」「天」三字，故此文並舉之。此說頗有理，可供參考。❹「信不」二句：王弼本在「不信」下有「焉」字，今刪，見十七章注。馬敘倫指出這兩句已見於十七章，認為本章重出是錯簡，各家多從其說。帛書甲、乙本都無此二句。焉：於是。

【翻譯】

少開口就是合乎自然。所以狂風刮不了一個早晨，暴雨下不了一整天。誰能使它這樣呢？是天地。天地所為尚且不能長久，更何況人事呢？所以能依照道的規律做事的人，就與道相合；能依照德的規範做事的人，就與德相合；不依照道德的原則做事的人，就是失道、失德。符合道的規律的人，也就得到道了；符合德的規範的人，也就得到德了；違背道德規範的人，也就失去道了。誠信不足，於是就有人不信任。

# 二十四章

本章與二十二章正反對照，互相補充，有不可分割的聯繫。帛書甲、乙本都把本章放到二十二章前面，這也許是原書的順序。章內所批評的「有道者不處」的事情，正是二十二章「聖人抱一，為天下式」的反面，同樣是強調不爭和退讓，主導思想還是以退為進，以「無為」而為。

企者不立，跨者不行①，自見者不明②，自是者不彰，自伐者無功，自矜者不長③。其在道也，曰餘食贅行④，物或惡之⑤，故有道者不處。

【注釋】❶跨：跨步，超越。這裏形容兩步並作一步地急行。❷「自見」以下四句：參見二十二章注。❸長：美的意思。❹贅（zhuì）行：贅瘤。行：通「形」。❺「物或」句：譯文取大意。此句極言上述行為的不足取，不單是人，連一些物也生厭惡。物：指人外之物。二十二章「曲則全，枉則直，窪則盈，敝則新」數句正是從物的方面取譬立論的。另，張松如以為「物指鬼神而言，即鬼神害盈而福謙之義」。

【翻譯】

踮起腳跟的人站不牢，大步急行的人走不了遠道，自我顯示的人不會昭著顯明，自以為是的人不會明白昭彰，自我誇耀的人不會獲得功勞，自高自大的人不會被人稱美。用道的原則衡量這些行為，只能説像剩飯和贅瘤一樣，誰都厭惡它，所以有道的人不這樣做。

# 二十五章

本章是全書中很重要的一章。繼四章、十四章和二十一章之後，對「道」又作了如下的描述和稱頌：「道」是混沌未分的統一體，它先於天地存在，它無聲無形，獨一無匹，它周而復始地變化運動，永不停歇，正是在這種無限的循環運動中產生了天地萬物。把天地萬物的產生歸結於自然之「道」的運動，是老子的一個可貴和值得重視的思想。宇宙中有四個「大」——道大，天大，地大，王大。但只有「道」至高無上，無所不包。「道」的偉大，就在於它自然無為。關於「道」的描述，還可參見三十四章。

**有物混成①，先天地生②。寂兮寥兮③，獨立不改④，周行而不殆⑤。可以為天地母⑥。吾不知其名⑦，字之曰道⑧，強為之名曰大⑨。大曰逝⑩，逝曰遠，**

遠曰反⑪。故道大，天大，地大，王亦大⑫。域中有四大⑬，而王居其一焉。人法地⑭，地法天，天法道，道法自然⑮。

【注釋】❶混成：渾然而成一體。形容「道」混沌未分的原初狀態。❷「先天」句：參見四章：「吾不知誰之子，象帝之先。」❸寥（liáo）：無形。❹獨立：無匹自存，就是不依賴他物而按自身的規律獨自長存，是指「道」的絕對性。不改：不變，循環始終，不失常態，指永恆性。❺周行：循環運行。另，王弼以為是「無所不至」的周遍意義，這與三十四章「大道泛兮，其可左右」一致。供參考。殆：通「怠」，疲倦。不怠，指運行不息。全句指循環往復、生生不息之意。❻天地：王弼本作「天下」。范應元説古本作「天地」，帛書甲、乙本正作「天地」，據改。❼「吾不」句：名稱是用來確定形體的，「道」「混成」無形，所以無法確定，也無法稱名。所以一章説：「名可名，非常名。」但是天地萬物都由「道」而來，人們需要表述它，「為便利人意溝通計，故不得不有一假定之名」（蔣錫昌語），即如下兩句所言。❽字：表字。古代男子出生就取名，成年後再起一個與本名涵義相應的別名，叫字。這裏是動詞，取字。❾大：形容「道」無邊無際，無所不包。❿逝：往。這裏指離開起點後長行不息。⓫反：通「返」。與「逝」行進方向相反的漸趨於原點的運動。⓬王：傅奕本作「人」，范應元認為古本如此，學者多從范説。但王弼本、河上公本和帛書甲、乙本都作「王」，故此不改「王」字。⓭域：指宇宙。⓮人：這裏具體指前句所説的「王」。法：效法，遵循。⓯「道法」句：道純任自然，也就是遵循自然自成自就的原則。自然：參見十七章「百姓皆謂我自然」句注。因為道生天地萬物，又先於天地萬物，所以，它可以為天地所效法，但它本身卻前無榜樣，只能放任自流，也就是循守自成自就、清靜無為的原則。

## 【翻譯】

有一種渾然一體的東西，在天地生成前就已存在。無聲又無形，獨立存在而永不改變。循環運行而生生不息，可以說像母親一樣生成了天地。我不知道它的名字，給它取個表字叫做道。勉強給它起個名字叫做大。大無涯際長行不息，長行不息遙遠無極，遙遠無極返本歸原。所以說道大，天大，地大，王也大。宇宙中有四個大，而王佔四大之一。人以地為法則，地以天為法則，天以道為法則，道只遵循自成自就的原則。

# 二十六章

本章提出重和輕、靜和躁這兩對矛盾，這與其他章講辯證法例相補充。不過，老子又認為「重為輕根，靜為躁君」，認為在靜與動的對立關係中，動是暫時的、相對的、次要的方面，而靜才是永恆的、絕對的、主要的方面。這與十六章「歸根曰靜，是謂復命」的認識是一脈相通的，反映出老子辯證法思想的不徹底性。章內還告誡大國君主要自重、守靜，不失根本；言外之意是不妄作才可以「歿身不怠」。

**重為輕根，靜為躁君①。是以君子終日行，不離輜重②。雖有榮觀，燕處超然③。奈何萬乘之主，而以身輕於天下④？輕則失本，躁則失君⑤。**

【注釋】

❶君：這裏比喻主宰，指靜躁矛盾雙方中的主導因素。❷「是以」二句：是說君子要時刻不忘恃重。君子：王弼本作「聖人」，唐宋各本及帛書甲、乙本都作「君子」，據改。輜（zī）重：軍旅中裝載糧草器物等必需品的車子，這裏借喻根本、基礎。❸「雖有」二句：這是說要守靜。蔣錫昌說：「此言道中雖有榮華之境，可供遊觀，然彼（指君子）仍安隨輜車之旁，超然物外，而不為所動。」譯文據此。燕：安閒。處：居止，與上句「行」相對，有停留的意思。超然：超脫，不經心的樣子。另，「榮觀」在帛書中寫作「環官」，高亨以為「榮」「環」都通「營」，是周垣、圍牆的意思。又以為「觀」通「官」，是古「館」字，指宮室。帛書甲本釋文注：「疑環官讀為闤館，闤與館乃旅行必居之處，極躁之地。」這些說法都可參考。❹「奈何」二句：王弼本無「於」字。此據馬敍倫說和帛書甲、乙本補入。萬乘（shèng）：用來稱當時的大國。老子認為，大國之君應該自重，不能輕率妄動於天下（此據河上公和吳澄說）。乘，一輛兵車叫一乘。❺「輕則」二句：有雙關意義。其一，與章首相應，講一般的矛盾關係；其二，承前二句，有特指「萬乘之主」的意義。

【翻譯】

重是輕的基礎，安靜是躁動的主宰。因此君子雖然整天行路，不離糧草車載。雖有榮華可觀的境地，卻安閒不動而超然物外。為甚麼擁有兵車萬乘的君主，卻捨得讓自己輕率妄動於天下呢？輕浮就失去了根本，躁動就失去了主宰。

# 二十七章

本章主要講「無為而治」。首先用了五個生動的比喻，巧妙、形象地説明：凡事都要隨順自然，恰到好處，事成卻不留人為的痕跡。老子希望在「聖人」治下，人不論賢愚優劣，物不論精粗巨細，都能順乎自然情理，各安其所，各盡其用；人們應在沒有政教明令的干預下，自然地看到善者之善與不善者之不善，並且自然地抑惡從善。老子把這樣的主張視為「要妙」之道。

善行無轍跡①，善言無瑕讁②，善數不用籌策③，善閉無關楗而不可開④，善結無繩約而不可解⑤。是以聖人常善救人，故無棄人；常善救物，故無棄物。是謂襲明⑥。故善人者，不善人之師；不善人者，善人之資。不貴其師，不愛其資，雖智大迷⑦。是謂要妙⑧。

【注釋】❶轍（zhé）：車轍，輪跡。❷瑕謫（xiá zhé）：玉石的毛病，這裏指缺點漏洞。❸籌策：籌碼，古代竹製的計算器具。❹關楗（jiàn）：關閉門戶的器具，就是門閂。分成單音詞，橫用的叫「關」，豎用的叫「楗」。❺約：與「繩」同義連用。❻襲明：因循常道，聰明曉悟。與章末「要妙」結構相同，是聯合短語。另，有人解「襲」為掩蔽，含藏；有人解「襲」為重疊，供參考。❼「不善」五句：各家解釋不同。譯文主要依據任繼愈的注譯。資：憑藉，借鑒。❽要妙：精要玄妙。

【翻譯】

善於行路的不留下車輪痕跡，善於言談的沒有缺點漏洞，善於計算的不用籌碼算器，善於關門的不用門閂卻打不開，善於打結的不用繩索卻解不開。因此聖人常善於救助人，所以沒有被遺棄不用的人；常善於拯救物，所以沒有被棄置不用的物。這就叫因循常道、聰明曉悟。所以，善人是不善人的師表，不善人是善人的借鑒。不尊重他的師表，不愛惜他的借鑒，雖然自以為明智，其實是糊塗。這其中的道理可說是精要玄妙。

# 二十八章

本章主要強調尚柔、謙退的思想原則。老子主張知雄而守雌，不爭上而願處下，認為這才能不離「常德」，返真歸樸。篇末所說「大制不割」，是「無為而治」思想的反映，它與全章守雌取柔、居下退身的思想是互相聯繫的。

知其雄，守其雌①，為天下谿②。為天下谿，常德不離③，復歸於嬰兒④。知其白，〔守其黑，為天下式。為天下式，常德不忒，復歸於無極。知其榮⑤，〕守其辱⑥，為天下谷。為天下谷，常德乃足，復歸於樸⑦。樸散則為器⑧，聖人用之⑨，則為官長。故大制不割⑩。

【注釋】❶「知其」二句：用動物的雄性比喻陽剛、爭上、好動，用動物的雌性比喻陰柔、處下、守靜。老子認為守雌可以勝雄。參見六十一章：「牝常以靜勝牡。」❷谿：同「溪」。溪在山中低窪處，以此設喻。❸常：永恆不變。❹「復歸」句：用嬰兒無知無欲、柔弱無爭的特質，比喻不離「常德」之人的精神氣質。參見五十五章：「含德之厚，比於赤子。」十章：「專氣致柔，能嬰兒乎？」❺「守其」六句：據易順鼎、馬敘倫和高亨等人考證，這二十三個字是後人所加。高亨考證最詳。因此，這裏不注不譯。❻辱：與「白」反義，垢黑。《玉篇》寫作「黷」。❼樸：本義是原初未分的木材，已見於十五章。老子有時直接借「樸」指稱「道」，但這裏與上文「嬰兒」相對應，所以還是用本義作比喻，形容不離「常德」之人的純樸天真的精神境界。❽「樸散」句：木材被剖開而製成各種器物，以此比喻原初真樸的「道」分散而生出萬物，同時也包含人們社會政治、經濟地位的分化。❾「聖人」句：聖人順應真樸之道解體成為萬物的情況（是順乎自然的，而不是以己意勉強為之的），安排職守，使物盡其用，人盡其才。這似乎與前章「無棄人」、「無棄物」相聯繫了。用：因，這裏是依據、順應的意思。之：代「樸散則為器」。另，因為釋詞所據不同，陳鼓應把兩句譯為：「有道的人沿用真樸，則為百官的首長。」可供參考。❿「故大」句：蔣錫昌說：「『大制』，猶云大治，『不割』，猶云無治。蓋無治，則可以使樸散以後之天下復歸於樸。復歸於樸，正乃聖人之大治也。」蔣說的「無治」，就是「無為」。本句譯文據蔣說。另，許抗生譯作「『聖人』用大『道』來治理天下，是不會傷害它們的」。可供參考。

【翻譯】

知道自己的雄強，卻安守自己的雌柔，充作天下的溪溝。充作天下的溪溝，與永恆的德不分開，回復到嬰兒的狀態。知道自己的潔白，卻安守自己的污黑，充作天下的低谷。充作天下的低谷，永恆的德才能充足，回復到天真純樸。真樸的道解體而成為萬物，聖人順應這種情況安排職守。所以，最完美的政治是不治。

# 二十九章

本章突出地反映了「無為」的政治思想。老子認為，想有所作為，結果反會把事情搞壞；想把握住甚麼，結果反會丟失。因此，人們只能順應自然，凡事都要避免過分和極端，因為過分和極端正是按個人意志作為而違逆了自然。

將欲取天下而為之①，吾見其不得已②。天下神器，不可為也。為者敗之，執者失之。凡物或行或隨③，或歔或吹④，或強或挫，或培或隳⑤。是以聖人去甚，去奢，去泰⑥。

【注釋】❶取：據蔣錫昌說，這裏有「治」、「為」的意思，與通常獲取、取得的意義不同。這一用法又可見於四十八章和五十七章。為：根據全文整體思想，本章幾個「為」字都有不循自然而按人意勉強去做的意思。❷已：通「矣」。❸凡：王弼本作「故」，此據傅奕、蘇轍等古本及高亨說改。或：相當於「有」。❹歔：同「噓」。吐氣舒緩而溫熱，今北方話還有這種用法，帛書本正作「熱」。❺「或強」二句：王弼本作「或強或羸，或挫或隳」。此據傅奕本改「羸」為「挫」，改「挫」為「培」，說從略。隳（huī）：毀壞。❻「是以」三句：這是強調要順應自然，行於當行，止於當止，不可憑人意強為而把事物推向極端。泰：通「太」。甚、奢、泰，都是極端過分的意思。另，河上公注：「『甚』謂貪淫聲色，『奢』謂服飾飲食，『泰』謂宮室台榭。」可供參考。

【翻譯】

想要治理天下而強行去做，我看他是達不到目的的。天下是個神聖的器物，是不可勉強去做的。勉強去做就會失去，想把持它就會失敗。各種事物有的走在前面，有的跟隨在後面；有的緩噓溫熱，有的急吹寒涼；有的強勁，有的挫折；有的培益，有的毀壞。因此，聖人要去掉極端的、奢侈的、過分的東西。

# 三十章

本章反映了老子對戰爭的看法。老子反對以武力稱雄，也反對炫耀武功，這不僅僅由於他十分重視戰爭帶來的災難，更是他「無為而治」總體思想的反映。但他並沒有完全徹底地反對戰爭，只認為戰爭應該是「不得已」的，而且一定要適可而止，否則就遠離了「道」，就會走向極端，走向反面，最終遭受敗亡。

以道佐人主者，不以兵強天下。其事好還①——師之所處，荊棘生焉②；大軍之後，必有凶年。善者果而已③，毋以取強④。果而勿矜⑤，果而勿伐⑥，果而勿驕，果而不得已，是謂果而勿強⑦。物壯則老，是謂不道，不道早已⑧。

【注釋】❶還：還報，報應。具體所指就是下文的「荊棘生焉」、「必有凶年」。❷「師之」二句：這是說戰爭經歷之處，田園荒蕪。❸者：王弼本作「有」，河上公、傅奕等古本及帛書甲、乙本都作「者」，據改。❹毋：王弼本作「不敢」，俞樾以為「敢」字是衍文，帛書甲、乙本作「毋」而無「敢」字，據改。❺矜（jīn）：驕矜，自高自大。❻伐：誇耀。❼是謂：王弼本無此二字。帛書甲、乙本有「是胃（謂）」二字，此據帛書及蔣錫昌說補。❽「物壯」三句：老子認為盛極必衰，因此，人主不得已而治兵時，也要防止由強盛之極向衰敗的轉化，要如上章所言「去甚，去奢，去泰」。壯、老：分別比喻事物發展的極盛狀態和衰敗沒落之勢。早已：早死。參見四十二章：「強梁者不得其死！」

【翻譯】

用道輔助國君的人，不靠兵力逞強於天下，用兵這件事很容易得到報應——軍隊行止的地方會長滿荊棘；大戰之後，一定會有荒年。善於用兵的人取勝就應該罷休，不要靠它逞強。勝利了不要自高自大，勝利了不要誇耀，勝利了不要驕傲，勝利乃出於不得已，這就叫取勝不要逞強。凡是太壯盛的東西就要走向衰老，這叫做不合乎道，不合乎道的就會很快死亡。

# 三十一章

本章與前章連貫，繼續表達對戰爭的看法。老子進一步認為，刀兵是製造災凶的工具，有「道」的人不使用它，即或「不得已」而使用了，也要以淡漠為好；反之，如果以戰爭為美事，以殺人為樂事，就不會得志於天下。戰爭要殺傷人眾，因此，戰爭同時就是喪事。臨戰出兵要合乎喪禮，要心懷悲哀；取勝了，不能讚美戰爭，而仍然要按喪禮行事。

夫兵者①，不祥之器，物或惡之，故有道者不處②。君子居則貴左，用兵則貴右③。兵者不祥之器，非君子之器，不得已而用之。恬淡為上④，勝而不美⑤；若美之⑥，是樂殺人。夫樂殺人者，則不可以得志於天下矣。吉事尚左，凶事尚右；偏將軍居左，上將軍居右——言以喪禮處之。殺人之眾，以哀悲立之⑦；戰勝，以喪禮處之。

【注釋】❶「夫兵」句：通行本「兵」前有「佳」字，帛書甲、乙本皆無，據刪。❷「物或」二句：已見於二十四章，見該章注。❸「君子」二句：古人按當時的禮儀習慣，用不同的方位區別和表現貴賤尊卑、吉凶禍福等內容；左為陽，主生；右為陰，主殺。因此，平時的朝儀和祭祀以左為貴，而凶喪殺伐就以右為貴。❹恬淡：淡漠，不熱衷。❺美：任繼愈解釋：「自以為很了不起，滿意的樣子。」供參考。❻「若美」句：王弼本作「而美之者」，帛書甲、乙本俱作「若美之」，據改。❼立：王弼本作「泣」，帛書甲、乙本皆作「立」，據改。「立」實是《說文解字》中「竦」的古字，古書中多作「蒞」。蒞臨，到場。這裏指進入戰場。

【翻譯】

兵器是不吉祥的東西，誰都厭惡它，所以有道的人不去接近它。君子平時把左邊看作上位，用兵作戰時則把右邊看作上位。兵器是不吉祥的東西，不是君子所需要的器物，實在不得已才動用它。冷淡地對待用兵是最好的，勝利了也不把它看作美事；如果把勝利看作是美事，這就是喜歡殺人。喜歡殺人的人，就不能實現統治天下的願望了。喜事把左邊看作上位，喪事把右邊看作上位；偏將軍位居左邊，上將軍位居右邊——就等於說用喪禮對待戰事。殺人眾多，要帶着悲哀的心情進入戰場，即使戰勝了也要按喪禮對待。

# 三十二章

本章主旨是講政治上的守「道」「無為」。「道」雖然樸實、隱微，但至高無上，妙用無窮。如果執政者能守「道」，不強行作為，天下就會自然歸從，百姓就會自安自樂；如果能適可而止，就會避免各種危險。

道常無名①，樸②。雖小③，天下莫能臣也。侯王若能守之，萬物將自賓④。天地相合，以降甘露，民莫之令而自均⑤。始制有名⑥，名亦既有，夫亦將知止⑦，知止可以不殆。譬道之在天下，猶川谷之於江海⑧。

【注釋】❶「道常」句：參見一章「名可名，非常名」；十四章「繩繩不可名」；二十五章「吾不知其名，字之曰道」。❷樸：參見二十八章「復歸於樸」注。另，有人把「樸」同「雖小」連讀為一句，把「樸」解釋為「道」，可供參考。❸小：指「道」隱微幽渺。吳澄説：「道彌滿六合，而斂之不盈一握，故曰小。」❹賓：歸服，順從。❺「民莫」句：如同説「莫之令而民自均」。這與五十七章「我無為而民自化」的意思近似。均：均勻。全句是説，人們普遍地受到天降甘露，比喻百姓普遍受到守「道」者「無為」政治的恩澤。❻「始制」句：同二十八章「樸散則為器」意思一致。始：萬物的開始，指「道」。制：裁割，分割。這裏與「樸散」之「散」意義近似。❼知止：蔣錫昌認為與三十七章「夫亦將不欲」句中的「不欲」同義。據此，可以理解老子這裏是要人們安分守己，不要競爭追求不屬於自己的名號地位和利益。❽「譬道」二句：蔣錫昌認為是「倒文」：「正文當作『道之在天下，譬猶江海之與川谷』。蓋正文以江海譬道，以川谷譬天下之物。」其中蔣錫昌用「與」字改「於」字，這同帛書甲、乙本及傅奕本相合。譯文據蔣説。

## 【翻譯】

道永遠沒有名稱，天真純樸。雖然隱微幽渺，天下卻沒有誰能使它臣服。侯王如果能遵守它，萬物將會自動歸從。天地間陰陽之氣相配合，因而降下甘露，不用誰來下命令而百姓自然地遍受滋潤。道開始裁割分散後就有了各種名稱。各種名稱已經有了，也要知道有個限度。有了限度便可以不出危險。道永遠無限地存在於天下，正如同江海永無限止地容受着川谷之水。

# 三十三章

本章講精神修養。得「道」的聖人所崇尚的，不是「知人」的巧智，不是「勝人」的強力，而是「自知」之「明」、「自勝」之「強」，他們知足不爭，行「道」不怠，生死不移。這裏反映的是內省、自守和無為的原則。有些學者認為「知人」、「自知」、「勝人」和「自勝」都是個人修養的必要內容，只不過「自知」、「自勝」比「知人」、「勝人」更重要。這種理解可供參考。

知人者智，自知者明①。勝人者有力，自勝者強②。知足者富，強行者有志③，不失其所者久④，死而不忘者壽⑤。

【注釋】❶「知人」二句：據蔣錫昌說，能知人之好惡而行巧詐者，是智，指俗君；能知常道卻不自我炫耀，是明，指聖人。蔣說有理。智，在全書中貶而不褒，如十八章：「智慧出，焉有大偽」；十九章：「絕聖棄智，民利百倍」；六十五章：「民之難治，以其智也」、「故以智治國，國之賊」。❷「勝人」二句：據蔣錫昌說，堅強好爭而以勝人為務者，是有力，指俗君；柔弱不爭而以自勝為務者，是強，指聖人。❸強行：這裏指勤勉行「道」（據蔣錫昌說）。嚴靈峰以為「勤」誤作「強」。又有將「強行」解作頑強拼搏之意，可供參考。❹所：處所，這裏指原來的根基，就是「道」。❺忘：王弼本、河上公本等都作「亡」，帛書甲、乙本都作「忘」。據改。死而不忘：指至死不忘守「道」。

【翻譯】

善於認識別人是有智慧，能夠認識自己才稱高明。戰勝別人是有力量，戰勝自己才是堅強。知道滿足就會富有，堅持力行就是有志，不喪失根基就是長久，至死不忘守道是長壽。

# 三十四章

本章也是對「道」的頌歌。「道」廣大無邊，無所不至，萬物靠它生長，受它養育，可是它不居功，不主宰，無慾求，隱微幽渺；然而正因為它無為，無欲，無爭，不自稱大，所以它才最偉大。

大道氾兮，其可左右①。萬物恃之而生而不辭②，功成不名有③，衣養萬物而不為主④。常無欲，可名於小⑤；萬物歸焉而不為主，可名為大。以其終不自為大，故能成其大。

【注釋】❶「大道」二句：用洪水氾濫比喻「道」廣大無邊，遍及各處。❷辭：推辭，拒絕。另，有人解為言說，可供參考。❸名：稱說。有人認為「名」是衍文。❹衣養：供養，養育。❺於小：與下文「為大」對文，即為小的意思。小，指「道」對萬物不居功，不主宰，無慾求，隱微幽渺，與十四章「搏之不得，名曰微」句中的「微」義近。

【翻譯】

大道像洪水氾濫，周流在左右四方。萬物依賴它生長，而它從不推辭；功業成就卻不說自己有功，養育萬物卻不自封主宰。永遠沒有慾求，可以稱作小；萬物都要歸附於它，而它卻不自封為主宰，可以稱作大。正因為它始終不自以為大，所以才能成為偉大。

# 三十五章

本章還是歌頌「道」。「道」是天下所歸，它可以使天下人和平安泰。它雖然淡然無味，無見無聞，但作用卻不窮竭。

**執大象①，天下往。往而不害，安平太②。樂與餌，過客止。道之出口，淡乎其無味。視之不足見③，聽之不足聞，用之不足既④。**

**【注釋】** ❶大象：如同說大「道」的法象，就是指大「道」。❷安：連詞。另，吳澄以為是形容詞，與「平」、「太」並列。供參考。❸足：得，可能。❹既：盡，窮盡。

【翻譯】

掌握住大道，天下民眾都會歸順。歸順道就不會互相傷害，於是就和平而安泰。動聽的音樂和香美的食物，能使過往行人停下腳步。而大道從口頭表述出來，淡然沒有滋味。看它不能見其形，聽它不能聞其聲，然而用起它來卻無窮無盡。

# 三十六章

本章辯證法思想很突出，而歸結點卻在君國政治上。老子首先列舉開合、強弱等矛盾轉化現象，說明他所觀察到的事物發展變化之理——物極必反，盛極必衰，並由此進一步推導出「柔弱勝剛強」的觀點。正是在這種認識的基礎上，他告誡治國者不要顯示強權。可見老子本意是要君主戒剛守柔，內斂不顯，以避免走向反面，以保證長立不衰。這同下章講「無為而無不為」的主張實有內在聯繫。

將欲歙之①，必固張之②；將欲弱之，必固強之；將欲廢之，必固舉之③；將欲奪之，必固與之④。是謂微明⑤。柔弱勝剛強。魚不可脫於淵，國之利器不可以示人⑥。

【注釋】❶歙（xī）：合。❷固：通「姑」。姑且，暫且。❸舉：王弼本及各本都作「興」。勞健和高亨認為應作「舉」，帛書甲、乙本都作「與」，正可通「舉」，因改作「舉」。❹與：予，給予。❺微明：指事物變化的道理幽微潛在，動態顯明。❻利器：指權勢，權柄。亦有人釋作「鋭利的武器」，可供參考。示：讓別人看，這裏是顯示、炫耀的意思。

【翻譯】

想要收斂它，必須暫且擴張它；想要削弱它，必須暫且加強它；想要廢棄它，必須暫且抬舉它；想要奪取它，必須暫且給予它。這就叫幽微而又顯明的道理。柔弱勝過剛強。魚不可脱離深淵，國家強大的權勢不可輕易向人顯示。

# 三十七章

本章仍然是講政治上的守「道」、「無為」。老子把「無為」視作社會政治的最高原則。他希望君主能順乎人情物理，不加干涉地聽憑萬物自然消長變化，他也希望人們都根絕私慾，民風淳樸無爭，天下自然會平靜安定。

**道常無為而無不為①，侯王若能守之，萬物將自化②。化而欲作③，吾將鎮之以無名之樸④。鎮之以無名之樸⑤，夫亦將不欲⑥。不欲以靜，天下將自定⑦。**

【注釋】❶「道常」句：無為：見二章注。無不為：是「無為」的直接結果。意思是說，凡事沒有不做的，只不過是不懷目的成見，不恣意妄為，強行硬做，而是完全順隨自然，不加干涉。

另，此句在帛書甲、乙本中都作「道恆無名」，鄭良樹以為這是老子原句，並認為以此「可以澄清後人對老子哲學的誤會」。此說可供參考。❷「萬物」句：義與五十七章「我無為而民自化」同。萬物：包括社會上的人、事和物。自化：自行化育，自長自消，指在沒有外力作用下自然地順應着「道」而生長變化。❸欲：名詞，慾望、貪慾。作：起，這裏是萌發的意思。❹鎮：鎮服，使安定。無名之樸：指「道」而言。參見三十二章：「道常無名，樸。」❺鎮之以：王弼本無此三字。高亨以為應補，正與帛書甲、乙兩本吻合，據補。❻不：王弼本作「無」，河上公本、傅奕本及帛書甲、乙本都作「不」，據改。❼「不欲」二句：參見五十七章：「我好靜而民自正，我無事而民自富，我無欲而民自樸。」本章「自定」就是五十七章所說的「自正」。

**【翻譯】**

道永遠無為而又無所不為，侯王如果能遵守它，萬物就會自行生長變化。自行生長變化時如果私慾萌動，我就用無名真樸的道來鎮服它。要用無名真樸的道來鎮服它，也就是要根絕私慾。根絕私慾就能保持安靜，天下就會自然達到穩定。

# 下篇　德經

# 三十八章

本章並不是單一地講道德規範，主旨還是講守「道」，講「無為」。「德」是「道」的體現，有得於「道」就叫「德」。一切順應自然，絕無作為之想，這才堪稱「上德」，才真正符合「道」的原則。「德」、「仁」、「義」、「禮」的遞降發生過程，正是「道」逐漸泯滅的過程，是社會由「無為而治」到有為而亂的過程，是民風由淳厚樸實到輕薄巧詐的衰退過程。老子批評了現實中人所宣揚崇奉的「禮」，主張重歸於真樸無為的「道」。

上德不德，是以有德；下德不失德，是以無德①。上德無為而無以為②；下德無為而有以為③；上仁為之而無以為；上義為之而有以為；上禮為之而莫之應，則攘臂而扔之④。故失道而後德，失德而後仁，失仁而後義，失義而後禮。夫禮者，忠信之薄而亂之首⑤，前識者⑥，道之華而愚之始⑦。是以大丈夫處其厚不居其薄，處其實不居其華。故去彼取此⑧。

【注釋】❶「上德」四句：這幾句內含的意思是：上德的人只求返歸真樸的本性，合於「道」，不在真樸之外追求「德」，因此最終能保全他的本性，保全了「道」，也就有「德」。下德的人不求返歸真樸的本性，而在真樸之外追求形式上的「德」，一經得到了這種「德」，就堅守不失，因此最終失去了他的本性，失去了真樸之道，自然也就沒有了「德」（以上參照高亨《老子正詁》）。首句第二個「德」字是動詞，與三句「失德」相對，指得「德」，追求「德」。❷無以為：與下句「有以為」相對，這兩處譯文據林希逸和陳鼓應之說。❸「下德」句：王弼本作「下德為之而有以為」。各本不同，各家意見不一。馬其昶認為應改「為之」為「無為」，朱謙之及張松如、陳鼓應等人都從馬說。據改。帛書甲、乙本及《韓非子・解老》所引都沒有這一句，張舜徽、劉殿爵等認為帛書是。供參考。❹攘（rǎng）臂：捲起袖筒，伸出胳臂。扔：引，這裏是強拉硬拽的意思。❺薄：澆薄，不足。❻前識：先見，先知。據河上公注解和《韓非子・解老》，這裏指無根據的預測。❼華：浮華。愚：這裏是故作聰明的愚，如二十七章所說「雖智大迷」。❽彼：指「薄」、「華」，即「禮」和「前識」。此：指「厚」、「實」，即「道」。

【翻譯】

上德的人從來不講求德，因此有德；下德的人念念不離德，因此沒有德。上德的人無所作為也無心作為；下德的人無所作為卻有心作為；上仁的人有所作為卻出於無意；上義的人有所作為而且出於有意；上禮的人有所作為卻沒有人響應，於是就捲袖捋臂地硬拉人們強從。所以失去了道然後才有德，失去了德然後才有仁，失去了仁然後才有義，失去了義然後才有禮。禮是忠信澆薄的產物，是動亂的發端。無根據的預測，只是道的浮華，而且是愚昧的開始。因此，大丈夫立身淳厚，不居於澆薄，存心樸實，不居於浮華。所以要捨棄澆薄和浮華，而趨向淳厚和樸實。

# 三十九章

本章主旨是講得「道」。前一部分從正反兩方面論述「道」的作用的重要性和普遍性。天地萬物，只有得「道」，才能清明、安寧、通靈、充盈、生長；反之，如果不能得「道」，就會破敗、崩毀、停歇、枯竭、死滅。後一部分專就前面提出的人世侯王一例再論得「道」。認為侯王只有居下、處賤、棄譽，才符合高貴以低賤為根本的原則，才是體察了「道」的特性，才能得「道」有「德」。

昔之得一者①：天得一以清，地得一以寧，神得一以靈，谷得一以盈，萬物得一以生，侯王得一以為天下正②。其致之也③，天無以清，將恐裂；地無以寧，將恐發④；神無以靈，將恐歇⑤；谷無以盈，將恐竭；萬物無以生，將恐滅；侯王無以高貴，將恐蹶⑥。故貴以賤為本，高以下為基，是以侯王自稱孤、寡、不穀⑦。此非以賤為本邪？非乎？故致數輿無輿⑧。是故不欲琭琭如玉，珞珞如石⑨。

**【注釋】** ❶一：這裏指「道」。見十四章「混而為一」。❷正：王弼本作「貞」，河上公本等古本作「正」，勞健、高亨認為應作「正」，帛書甲、乙本都作「正」。據改。「正」在這裏是君長的意思。另，蔣錫昌認為「專指清靜之道，此為老子特有名詞」。供參考。❸「其致」句：王弼本無「也」字，此據帛書甲、乙本補入。致：相當於「推」，有推論的意思。這一句領起下面五個並列的分句。❹發：通「廢」。崩塌，墮毀。❺歇：停歇，消失。❻蹶（jué）：顛仆，跌倒。這裏比喻政治上的傾覆。❼孤、寡、不穀：都是君主用以自稱的謙辭。《左傳》注：「孤云孤獨；寡云少德；不穀，不善也。」❽「故致」句：輿，通「譽」（據張松如說），傅奕本和吳澄本作「譽」。這句說追求過多的榮譽反而不會有榮譽，這與「下德不失德，是以無德」（三十八章）同理。也正如二十四章所說：「自見者不明，自是者不彰，自伐者無功，自矜者不長。」❾「是故」二句：王弼本無「是故」二字。帛書甲、乙本都有。據補。琭（lù）琭：玉質華美的樣子。珞（luò）珞：石頭粗劣的樣子。這兩句譯文據范應元、蔣錫昌等人說法。張松如說：「『不欲琭琭若玉，（而寧）珞珞若石。』這些都是老子心目中有『道』

人君的性格形象。這裏所描繪的這種性格形象，反映着老子『無為而治』與『致虛』『守靜』的思想。」

【翻譯】

自古以來得到一的：天得到一才清明，地得到一才安寧，神得到一才靈驗，溝谷得到一才充盈，萬物得到一才生長，侯王得到一才能做天下之準繩。推而言之，天不能保持清明，怕要破裂；地不能保持安寧，怕要毀缺；神不能保持靈驗，怕要停歇；溝谷不能保持充盈，怕要枯竭；萬物不能保持生長，怕要絕滅；侯王不能做天下的準繩，怕要權位傾跌。所以，貴以賤作根本，高以低作基礎，侯王自稱孤、寡、不穀。這不就是以低賤作根本嗎？不是嗎？所以追求過多的榮譽反而沒有榮譽。所以不想望琭琭華美，像玉一樣高貴，而寧願珞珞粗劣，像石頭一樣低賤。

# 四十章

本章論及以「道」為核心的密切聯繫着的三方面內容：返本歸根是「道」的運動形式，柔弱是「道」的作用，由無形質到有形質是「道」生萬物的過程。返本歸根的思想在很多章內都有反映，是老子哲學的歸結點；但是，這種返歸運動實際不是直線單向的來而不往，而是在循環過程中進行的。因為沒有離去，就不會有返歸；不生「有」，就不會返「無」。所以老子既說「歸根」、「復命」（十六章），又說「周行不殆」、「大曰逝，逝曰遠，遠曰反」（二十五章）。

反者道之動①。弱者道之用②。天下萬物生於有，有生於無③。

【注釋】❶「反者」句：反：通「返」，指「道」的返本復初。由於對「反」的理解不同，對這一句的理解歷來很不一致。如任繼愈、張松如等取「反」的相反意義，以為這是講對立面的互相轉化。這種理解也很值得參考。❷「弱者」句：老子認為柔弱是「道」的作用和體現，認為柔弱不僅可以輔益萬物，而且也可以保全自己。可參見八章、三十六章、四十三章、七十六章和七十八章。❸「天下」二句：這是講天下萬物生成的根源和生成過程。萬物之源是「道」。「道」生萬物的過程是從無形質到有形質。這裏的「無」和「有」不是表示存在和不存在的通常意義，而是指「道」。參見第一章：「無，名天地之始；有，名萬物之母。」

【翻譯】返歸是道的運動。柔弱是道的作用。天下萬物從有產生，有從無產生。

# 四十一章

本章從聞「道」之後的不同反應，把「士」分為上、中、下三等，意在說明真正理解和接受「道」的人是很稀少的。「道」不能被眾人理解的原因是它幽隱微妙，本質不外露。章內引用一系列古語，從普遍存在着的內外、虛實的對立關係中揭示「道」內斂、退守、虛曠、不爭等原則。歸結起來，「道」雖然無形、無名、無為，但卻是無不為。

上士聞道①，勤而行之；中士聞道，若存若亡；下士聞道，大笑之②。不笑不足以為道。故建言有之③：「明道若昧，進道若退，夷道若纇④，上德若谷，大白若辱⑤，廣德若不足，建德若偷⑥，質真若渝⑦。大方無隅⑧，大器晚成，大音希聲⑨，大象無形。」道隱無名。夫唯道，善始且善成⑩。

【注釋】❶士：先秦貴族的最低等級，位在大夫之下。這裏是指高出於庶民的有地位、有知識、有能力的人。「上士」與下面「中士」、「下士」不是社會階層內的等級，是從對「道」的認識的深淺而言。❷笑：由於不理解「道」而感到其很好笑。❸建言：立言。下文所引，可能是古代某人留下的言論，也可能是眾口相傳的謠諺。高亨以為「建言」是所引書名。❹夷：平。纇（lèi）：不平。❺辱：通「黷」，見二十八章「知其白，守其辱」。❻建：通「健」，強健，剛健。偷：這裏與「建」反義，指怠惰、鬆懈、疲弱。❼質：通「至」。「質真」與「廣德」、「建德」相對。真：指德，全句是說最純真（不變）的德好似在變（此據盧育三說）。另，劉師培懷疑「真」是由「德」字正文（古文）誤寫而來，「『質德』與『廣德』一律」。有不少學者同意劉說。高亨也同意劉說，並認為「渝」借為「窬」，全句的意思如同說「實德若虛」。這些說法可供參考。❽隅（yú）：角。❾希：通「稀」。希聲：這裏是無聲的意思。十四章：「聽之不聞，名曰希。」❿「夫唯」二句：「善始且善成」，王弼本作「善貸且成」，范本作「善貸且善成」。羅振玉說：「敦煌本『貸』作『始』。」帛書乙本（甲本缺文）作「善始且善成」。據改。最後這二句與首句相應，為全章作結，是說「道」可以使萬物開始發生，又可以使萬物最終完成。由此也可以進一步體會到「道」雖然「無為」，而又「無不為」。

【翻譯】

上士聽了道，努力去實行；中士聽了道，將信將疑；下士聽了道，哈哈大笑。不被下士嗤笑就不足以成為道了。所以古語有這樣的話：「光明的道好像暗昧，前進的道好像後退，平坦的道好像坎坷不平，高尚的德好像低谷，純白好像染了污黑，廣大的德好像不足，剛健的德好像疲弱，純真的德好像污垢多變。最大的方正反沒有棱角，貴重的器具最後才能製成，最大的聲音反而聽不見響聲，最大的形象卻看不見形影。」道隱沒無名。只有道，善於開始，又善於完成。

# 四十二章

本章從兩個方面講「道」的功用。前半章講宇宙生成理論，認為天地萬物生成的唯一根源是「道」。後半章轉而談人事，認為只有謙退、守柔、戒滿、抑強，才符合「道」的原則，才能有益無損。

有些學者以為後半章（「人之所惡」以下）同前半章文義不相連屬，説它是三十九章錯簡。

道生一，一生二，二生三，三生萬物①。萬物負陰而抱陽，沖氣以為和②。

人之所惡，唯孤、寡、不穀③，而王公以為稱。故物或損之而益，或益之而損④。

人之所教，我亦教之：「強梁者不得其死⑤！」吾將以為教父⑥。

【注釋】❶「道生」四句：這是說「道」生萬物的過程。一、二、三：是用來代替實物的虛數。一，指天地未分時的原初物質。二，指天地。三，指由天地產生的陽氣、陰氣與又由陰陽二氣所產生的和氣。另，蔣錫昌以為：「老子一二三，只是以三數字表示道生萬物，愈生愈多之義。如必以一二三為天地人，或以一為太極（原始混沌之氣），二為天地，三為天地相合之氣，則鑿（穿鑿附會）矣。」此說從者不多，但可供參考。❷沖：湧動，搖蕩，交互衝撞。❸「唯孤」句：參見三十九章。❹「故物」二句：七十七章以張弓設喻，說明「天之道，損有餘而補不足」。這兩句正是講天道對萬物（實際上着眼點是人事）的均衡作用，凡自己減損的，老天會補足它；凡自己增益的，老天會減損它。❺「強梁」句：大約是古代遺言。《說苑・敬慎篇》所載《金人銘》中有這句話。強梁：強橫。不得其死：死而不得其所，或不能按壽而終。就是不得好死的意思。❻父：始（與二十一章「以閱眾甫」之「甫」通用同義）。教父：教學的開始。張松如譯作「教學總綱」。

【翻譯】

道生成統一未分的原初物質，這原初物質生出天地，天地生出陰陽二氣以及和氣，和氣生出千差萬別的東西。萬物都包含着陰和陽，陰陽兩氣交互沖蕩就生成新的和氣。人們所厭惡的稱呼，就是孤、寡和不穀，但王公卻用來稱自己。所以事物有的減損了反倒增益，有的增益了反倒減損。人們教給我的，我也再教給別人：「強橫的人死無葬身之地！」我要把這句話作為教學的開始。

# 四十三章

本章與前章後半承接，繼續講守柔與「無為」的好處。柔是「無為」，強是「有為」；最堅強的東西阻擋不了最柔弱的東西，「有為」不如「無為」。

**天下之至柔，馳騁天下之至堅①。無有入無間②。吾是以知無為之益。不言之教，無為之益，天下希及之③。**

【注釋】❶馳騁（chěng）：馬快速奔跑。這裏比喻攻擊，貫穿，無所阻擋。❷無有：指不見形跡的東西。無間：指沒有間隙的東西。❸希：通「稀」（傅奕本作「稀」）。原意為稀少，此處的意思是稀少到沒有。

【翻譯】

天下最柔弱的東西，可以在天下最堅硬的東西中穿行無阻。無形的力量，能穿透沒有縫隙的東西。我因此知道無為的好處。無言的教化，無為的好處，天下沒甚麼能趕上它。

# 四十四章

本章反映了貴身重己的思想。老子認為，名利與生命是互相矛盾而不可調和的，追逐名利，貪得無厭，結果必然造成生命的損失；只有看重生命，置名利於度外，「知足」，「知止」，不入極端和滿盈，才可以長命全生。

**名與身孰親？身與貨孰多①？得與亡孰病？是故甚愛必大費②，多藏必厚亡。知足不辱，知止不殆③，可以長久。**

【注釋】❶多：重，這裏是重要的意思。❷愛：吝惜。❸殆（dài）：危險。

【翻譯】

名聲與生命哪一個更親近？生命和財貨哪一個更重要？獲得與喪失哪一個更有害？因此，過分吝惜必定會造成極大耗費，過多收藏必定會造成嚴重損失。知道滿足就不會感到屈辱，知道適可而止就不會遇到危險，這樣才可以使生命保持長久。

# 四十五章

本章反映了老子的辯證法思想。前一部分，講許多事物的實質與外在形式常不一致，實際已經很完美的東西，表面卻常常不足，甚至嚴重缺乏而處於完美的反面，人們應追求實質的完美而不着眼於形式。這與四十一章「大白若辱，廣德若不足」等內容有密切聯繫。後一部分，從矛盾雙方相反相制的道理，主張政治上的清靜無為。

**大成若缺，其用不弊①。大盈若沖②，其用不窮。大直若屈，大巧若拙，大辯若訥③。躁勝寒，靜勝熱④，清靜為天下正⑤。**

【注釋】❶弊：破敗，敗壞。這裏有衰竭的意思。❷沖：器物虛空。參見四章「道沖」注。❸訥（nè）：出言遲鈍，不善言談。❹「躁勝」二句：躁：動。二十六章：「靜為躁君。」動能產生熱力，可以戰勝寒冷；安靜不動就能降溫生涼，可以戰勝炎熱。另，蔣錫昌懷疑這兩句應作「靜勝躁，寒勝熱」，「喻清靜無為勝於擾動有為」。嚴靈峰也據《韓非子》、《孫子》及《淮南子》等有關材料認同蔣說，陳鼓應從之。蔣、嚴之說可供參考。❺正：長，君長。見三十九章：「侯王得一以為天下正。」

【翻譯】

最完滿的東西好像有所欠缺，它的作用總不衰竭。最充實的東西好像空虛，它的作用不會窮盡。最正直好像彎曲，最靈巧好像笨拙，最善辯說好像言語遲鈍。動能戰勝寒冷，靜能戰勝炎熱，清靜無為可以作天下的君長。

# 四十六章

本章反映了老子的反戰思想。老子生於諸侯兼併紛爭的年代，他渴望平息一切戰爭，轉而致力恢復生產；他把有無戰爭看作判斷天下「有道」與「無道」的重要標準；他把戰爭視作最大的罪過和災禍，認為導致「無道」和戰爭的根由只是貪心、不知足，而要消滅戰爭，就要長久滿足。

天下有道①，卻走馬以糞②；天下無道③，戎馬生於郊④。罪莫大於可欲⑤，禍莫大於不知足，咎莫大於欲得⑥。故知之足，常足矣。

【注釋】❶有道：指知道滿足，知道適可而止，不向外部貪求甚麼，而專意修治調理其內部（據王弼注）。❷卻：退回。走馬：善於奔跑的馬，指戰馬。糞：動詞，給田地施肥，這裏就是種田的意思。❸無道：與首句「有道」相反，指貪慾無厭，不修治調理內部，而各自向外部貪求（據王弼注）。❹「戎馬」句：古代戰爭中只用公馬而不用母馬，由於戰爭連年不斷，戰馬不足，連懷胎的母馬也被驅入戰陣，以致在戰場上生駒。戎馬：軍馬。生：產駒。郊：城邑以外的地區，這裏泛指野外戰場。❺「罪莫」句：王弼本沒有這一句。河上公本、傅奕本等古本及帛書甲、乙本都有，《韓非子》的《解老》、《喻老》兩篇也引了這句。據補。可欲：孫詒讓、高亨認為應如《韓詩外傳》所引作「多欲」，更切合文義；馬敍倫認為「多」「可」通假。多欲，就是縱情增多慾望，擴張野心。❻咎（jiù）：災殃。

【翻譯】

天下太平有道，讓戰馬退下來種地；天下荒亂無道，戰馬會在軍陣中生駒。沒有甚麼罪過比放縱慾望更大，沒有甚麼禍患比不知滿足更大，沒有甚麼災難比貪得無厭更大。所以知道滿足為止，就永遠是滿足的。

# 四十七章

本章表現了老子在認識論觀點。老子不看重感覺經驗對認識過程的作用，而重視理性認識的作用。他認為，不必親自體察，就可以推知社會歷史和自然規律；實踐多了、久了，反而會對人的認識能力產生負作用。他認為，得「道」的聖人可以不行自知，不見自明，不做自成。老子實際是要「守靜」、「明心」，以理性認識代替感覺經驗。

不出戶，知天下。不窺牖①，見天道②。其出彌遠③，其知彌少。是以聖人不行而知，不見而名④，不為而成。

【注釋】❶窺（kuī）：視，透過孔隙看。牖（yǒu）：窗戶。❷天道：指日月星辰運行的規律。❸彌（mí）：越，更加。❹名：通「明」。

【翻譯】

不出房門，就能推知天下事情。不窺望窗外，就能看出天道變化。走得越遠，知道的越少。因此聖人不用外出就知道情況，不用眼見就明瞭事物，不用作為就能成功。

# 四十八章

本章與四十七章聯繫很密切。開首二句十分重要，是對「為學」的貶抑和對「為道」的褒揚。老子認為，學習雖然使人們逐漸增長了適應現實社會的經驗、知識和才幹，但也逐漸增長了擾動內心的情、慾和巧智詐偽，離「道」越來越遠；而修「道」，可以使人們內心逐漸趨於虛靜，清除巧智詐偽，直至「無為」。「無為而無不為」，因此，人民相安無事，天下太平。

為學日益，為道日損①。損之又損，以至於無為。無為而無不為②。取天下常以無事③，及其有事④，不足以取天下。

【注釋】❶「為學」二句：學：這裏有特定的具體內容，只指「政教禮樂之學」。日益、日損：專指「情欲文飾」的益和損，即指人的喜怒愛惡等情感、各種慾望、巧智詐偽等日漸增多和日漸減損（以上解釋主要據河上公注解）。對這兩句的理解，還可參見十八章和十九章的有關內容。❷「無為」句：參見三十七章注。❸取：為，治。見二十九章注。無事：就是「無為」，不勉強生事，不擾動煩勞民眾。❹及：若。有事：就是「有為」，人為生事，指政令繁多，煩擾民眾。

【翻譯】

求學就會一天比一天增多情、慾和巧偽，求道就會一天比一天減少情、慾和巧偽。減少了再不斷減少，直到無為。無為卻可以無所不為。治理天下常靠無所事事，倘若人為生事，就不能治理天下。

# 四十九章

本章描述的「聖人」實是老子心目中完美的統治者。老子以為，這樣的「聖人」有的只是清靜「無為」的原則，不懷私心，不懷區分善惡信偽的成見；百姓無論善與不善，他都一律待之以善；百姓無論可信與不可信，他都一律待之以誠。因此，他就從治下百姓中普遍得到了善和誠。他自己因循自然，渾樸無欲，他還要讓百姓都無見無聞，無知無欲，重歸於淳樸。

聖人無常心①，以百姓心為心。善者吾善之②，不善者吾亦善之，德善③。信者吾信之，不信者吾亦信之，德信。聖人之在天下，歙歙焉④；為天下⑤，渾其心⑥。百姓皆注其耳目⑦，聖人皆孩之⑧。

【注釋】❶常心：固有之心，即成見，預先的標準。❷吾：指「聖人」。❸德：通「得」。德善：從百姓中普遍得到善，也就是人心向善。下「德信」與此同例。❹「聖人」二句：句中「之」「焉」二字，王弼本無，傅奕本及帛書甲、乙本都有。據補。蔣錫昌以為這兩句與二十章「我愚人之心也哉！沌沌兮」句法一致，「歙（xī）歙焉」是用來形容「聖人」「儉嗇（即節儉）無欲之狀」。譯文是意譯。另，陳鼓應據范應元、劉師培和徐復觀等人說法，解「歙」為收斂，指收斂意欲，可供參考。❺為：治。❻渾：混混沌沌。這裏是使動用法。❼「百姓」句：王弼本無此句，其他各本及帛書甲、乙本都有，王弼注文也有，可知王弼原本有此句。據補。這句是說，百姓爭相動用心智，專一注意耳聞目睹的事情，以審辨是非得失。❽孩：通「閡」，閉塞。孩之，閉塞百姓的視聽，使他們無聞無見（據高亨說）。另，或以為「孩之」是回復到嬰孩一樣的真樸狀態。這兩種解釋有一相同之處，即要讓百姓頭腦簡單，無知無欲。

【翻譯】

聖人沒有固定不變的心意，把百姓的心意視作自己的心意。善良的人我善待他們，不善良的人我也善待他們，這就能使人心向善。守信的人我信任他們，不守信的人我也信任他們，這就能讓人心歸於誠信。聖人在世，淡淡的沒有慾望；治理天下，也使天下人混混沌沌的沒有慾望。百姓都專一注意他們耳聞目睹的事情，聖人使他們全都閉目塞聽。

# 五十章

本章講養生之道。老子認為，人生在世，有生路，有死路，有可生可死的路，這幾條路幾乎各佔人生之路的三分之一。生路、死路是預伏的，而可生可死的路是人為的。人們由於過於貪生，取用無度，違背了養生之道，其結果是自陷於死路。真正善於養生的人，清靜寡慾，因隨自然，雖臨險境而能不入死地，所以長生。

出生入死①，生之徒十有三②；死之徒十有三；人之生生③，動之死地，亦十有三。夫何故？以其生生之厚④。蓋聞善攝生者⑤，陸行不遇兕虎⑥，入軍不被甲兵⑦。兕無所投其角，虎無所措其爪，兵無所容其刃。夫何故？以其無死地⑧。

【注釋】

❶「出生」句：全句指人的一生。入死：與「出生」相對，指入地而死。另，或以為這句說離開了生地就會步入死地。供參考。❷徒：通「途」（據馬敘倫說）。另，或解作類，可供參考。十有三：十分之三。這實際是個大致的約數，同下文兩個「十有三」，都近於三分之一的意思。譯文還是按字面直譯。❸生生：王弼本只有一個「生」字。河上公本同。高亨據《韓非子》及范本、傅本認為應當重疊一個「生」字。帛書甲、乙本都疊用「生」字。據補。「生生」是動賓關係，相當於養生、求生的意思（據蔣錫昌、高亨說）。❹生生之厚：求生過度，奉養豐厚，奢侈淫逸。❺攝：保養。攝生：養生。❻兕（sì）：雌犀牛。❼被：遭受。是動詞。甲兵：偏義複詞，取「兵」義。兵刃，兵器。❽無死地：是說在危險四伏的環境中，卻沒有進入死地。這是因為他真正善於養生，一切順應自然而避開了死地。

【翻譯】

從出生世間到入地而死，生路約十分之三；死路約十分之三；人們在求生的時候步入死地，也約十分之三。這是甚麼原因呢？因為他對求生太看重了。聽說善於養生的人，在陸地上行走碰不到犀牛和猛虎，進入軍陣中碰不着刀槍。犀牛在他身上無處用角，猛虎在他身上無處用爪，刀槍在他身上無隙可找。這是甚麼原因呢？因為他沒有進入死亡的境地。

# 五十一章

本章講「道」生萬物和萬物尊「道」，而核心是前者。「道」生成萬物，養育萬物，但卻不佔有，不圖報，不主宰，一切因任自然，全都出於「無為」。這是「道」的「玄德」，而萬物對「道」的仰賴和尊崇，也並非受了其他甚麼力量的作用，而完全是出於自然。

道生之①，德畜之。物，形之；器，成之②。是以萬物莫不尊道而貴德。道之尊，德之貴，夫莫之命而常自然③。故道生之，德畜之，長之，育之，亭之，毒之④，養之，覆之⑤。生而不有，為而不恃，長而不宰⑥，是謂玄德。

【注釋】

❶之：指代萬物。以下三個「之」與此同。❷器：王弼本及各本都作「勢」。帛書甲、乙本都作「器」。據改。這幾句是說，萬物，道使它們有了形狀；器，德使它們完成。從語法上看「物」、「器」是外位成分，「之」複指；「形」字承前省略了「道」字，「成」字承前省略了「德」字。另，任繼愈譯這幾句為：「體質使萬物得到形狀，(具體的)器物使萬物得到完成。」供參考。❸命：冊命，賜爵位。❹「亭之」二句：河上公本等古本多作「成之，熟之」。高亨認為「亭」通「成」，「毒」通「熟」。❺覆：覆蓋，保護。❻「生而」三句：參見二章「萬物作而弗始」等句。

【翻譯】

道生成萬物，德畜養萬物。萬物，是道使它們有了形狀；器，是德使它們完成。因此，萬物無不尊崇道而貴重德。道所以被尊崇，德所以被貴重，並沒有誰冊命封許而常常是順隨自然。所以道生成萬物，德畜養萬物，讓它們生長，讓它們發育，讓它們結果，讓它們成熟，撫養它們，保護它們。生成萬物而不佔有，助長萬物而不望報答，使萬物壯大成熟而不管制，這就是幽隱深遠的德。

# 五十二章

本章與四十七章互相聯繫，表現出老子認識論的觀點。老子認為，「道」是天下萬物的根本，守「道」才能認識萬物，而認識了萬物，還要反過來守「道」，這才能終身安常處順。他認為，感覺經驗是不必要的，應該閉目塞聽，無知無欲，虛靜守柔，內觀返照，這樣才能曉悟事理，不遇禍殃。

天下有始，以為天下母①。既得其母，以知其子②；既知其子，復守其母，沒身不殆③。塞其兑，閉其門④，終身不勤⑤。開其兑，濟其事⑥，終身不救。見小曰明⑦，守柔曰強⑧。用其光，復歸其明⑨，無遺身殃，是為襲常⑩。

**【注釋】**❶「天下」二句：天下：指萬物。始、母：都指「道」。參見一章：「無，名天地之始；有，名萬物之母。」也可參見二十五章開頭六句。❷子：這裏指萬物。❸沒（mò）：終。殆（dài）：危險。❹「塞其」二句：是說要人們同外界隔絕，無見無聞，無欲無求。兌（duì）：孔穴，通孔。這裏指體察外物的耳目鼻口等感官。門：這裏指精神之門，慾望之門。❺勤：馬敘倫認為通「瘽」，這與下文「終身不救」相應。帛書甲、乙本都作「堇」，應是「瘽」的古字。瘽（qín）：病。多數學者都用「勤」字本義勤勞來解釋，也可以講通。❻濟：成。❼「見小」句：《淮南子・兵略訓》：「見人所不見謂之明。」小：指一般人見不到的事物。❽強：這裏的含義不是柔弱勝剛強（三十六章）中的「強」，而是在柔中蘊含着的強，是強韌不折。❾「用其」二句：這裏的意思是，光可以照映外物，光是由內在的本體「明」發出的，它最終還應回歸內在的「明」。老子主張不要向外馳求，而應回光照內，就是回歸於「道」。五十八章「光而不耀」，也是這個意思。❿襲：王弼本作「習」，河上公本、傅奕本等古本多作「襲」，帛書甲本（乙本缺文）也作「襲」。據改。襲常：因循不變的常道。參見二十七章：「是謂襲明。」

**【翻譯】**

天下萬物都有原始，這是天下萬物的根本。已經知道了萬物的根本，就能認識萬物本身；已經認識了萬物本身，又守住它的根本，那就終身都不遭危害。堵塞住嗜慾的孔竅，禁閉住嗜慾的門戶，那就終身不會出毛病。敞開嗜慾的孔竅，任其嗜慾得逞，那就終身不能救治。觀察入微叫做明，保持柔弱叫做強。運用含蓄的光，返照內在的明，不給自身留下禍殃，這就叫因循不變的常道。

# 五十三章

本章反映的是社會政治內容。老子尖銳地批評了包括宮廷權貴在內的剝削者，深刻地揭示出過分剝削所造成的嚴重社會矛盾：一方面窮奢極慾，揮霍無度；一方面是田地荒蕪，生產受到嚴重破壞。老子因此斥罵剝削者為強盜頭子，這同後來《莊子》中「竊鉤者誅，竊國者為諸侯」的憤怒呼聲大體近似。可參見七十五章和七十七章的有關內容。

使我介然有知①，行於大道，唯施是畏②。大道甚夷，而民好徑③。朝甚除④，田甚蕪，倉甚虛；服文彩⑤，帶利劍，厭飲食⑥，財貨有餘，是謂盜夸⑦。非道也哉！

【注釋】❶介然：微小的樣子。❷「唯施」句：與通用成語「唯命是從」是同樣的句式。施：通「迤」，意為邪（據王念孫說）。這裏指邪路。❸徑：抄近的小道。這裏與大道相比較，含有崎嶇不平、旁逸斜出的意思。❹朝：朝廷，此指宮室建築。除：整潔。另，高亨以為通「塗」，解作污。那麼全句就是說朝廷政治污濁。此說可供參考。❺文彩：用彩色絲織品製作的有紋飾的服裝，就是貴重華麗的服裝。❻厭：飽足。❼盜夸：《韓非子・解老》引作「盜竽」，高亨說「夸」「竽」古通用。竽是古代器樂合奏中的主導樂器，其它樂器都隨和着它而起落終始。因此用來比喻團夥中的頭領。這裏說「盜夸（竽）」，就是說強盜頭子。

【翻譯】

假使我稍有見識，就要走在大道上，唯恐步入邪路。大道非常平坦，可是人們喜好坑窪不平的捷徑。宮室非常整潔，田地極其荒蕪，倉庫十分空虛；有人服飾華美，佩帶鋒利的寶劍，吃飽喝足，財物享用不盡，這就是強盜頭子。是背離了正道啊！

# 五十四章

本章主要針對上層權貴講「道」的功用。老子認為，貫徹「道」的原則，不僅有利於修「道」者個人及其子孫，而且可以橫向推而廣之，用之於家、鄉、國，乃至全天下。「德」也隨之同步增長。老子還認為，也只能用「道」的原則來正確地認識和檢驗自身及身外的家、鄉、國，乃至整個天下。

善建者不拔，善抱者不脫①，子孫以祭祀不輟②。修之於身③，其德乃真；修之於家④，其德乃餘；修之於鄉，其德乃長；修之於國，其德乃豐；修之於天下，其德乃普。故以身觀身，以家觀家，以鄉觀鄉，以國觀國，以天下觀天下⑤。我何以知天下然哉⑥？以此⑦。

【注釋】❶「善建」二句：比喻得「道」，守「道」，按「道」的原則辦事。吳澄認為本章全是講「無為而治」的原則。他說：開頭這兩句的意思是：有建必有拔，有抱必有脫，所以「善建者以不建為建，則永不拔；善抱者以不抱為抱，則永不脫。善於保國延祚（延長國運）者亦然，無心於留天命而天命自留」。吳說可供參考。❷「子孫」句：子孫因此祭祀不絕。這裏的意旨是子孫繁衍昌盛。輟（chuò）：停止，斷絕。❸修：治，這裏有貫徹、運用的意思。❹家：大夫的領地。由此至以下「鄉」、「國」、「天下」，表示統轄領域的逐級擴展。❺「故以」五句：這裏理解不很一致，譯文據張松如說。另，河上公注：「以修道之身觀不修道之身，孰亡孰存也，以修道之家觀不修道之家也，以修道之鄉觀不修道之鄉也。」蔣錫昌據此作解。陳鼓應據林希逸解為：「以自身察照別人，以自家察照他家，以我鄉察照他鄉。」這些解釋可供參考。❻然：代詞，這樣。譯文是意譯。❼以此：「此」所指代的就是「以身觀身」等五句的內容。

【翻譯】

善於建立的堅不可拔，善於抱持的牢不鬆脫，子孫能遵守此理，祭祀就會世世代代永不斷絕。能自身貫徹這一原則的，他的德才是真誠的；在一家貫徹這一原則的，他的德就富餘；在一鄉貫徹這一原則的，他的德就受到尊敬；在一國貫徹這一原則的，他的德就豐盛；在天下貫徹這一原則的，他的德就遍及天下。所以，要用修身之道來觀察一身，用齊家之道來觀察一家，用合鄉之道來觀察一鄉，用治國之道來觀察一國，用平天下之道來觀察全天下。我憑甚麼知道全天下的情況呢？就依據這種原則。

# 五十五章

本章以嬰兒比喻「含德之厚」的得「道」者，他們無知、無欲、無為，因此於內「專氣致柔」（十章），於外不遭異物傷害，永遠處於純真、充實、自然、和諧的狀態。告誡人們，貪生縱慾，任氣使強，就背離了「道」，就會由盛壯走向衰老死滅。老子是要人們返本復初，「復歸於嬰兒」（二十八章）。

含德之厚，比於赤子①。蜂蠆虺蛇不螫②，猛獸不據③，攫鳥不搏④。骨弱筋柔而握固，未知牝牡之合而朘作⑤，精之至也。終日號而不嗄⑥，和之至也。知和曰常，知常曰明。益生曰祥⑦，心使氣曰強⑧。物壯則老，謂之不道，不道早已⑨。

【注釋】❶赤子：初生的嬰兒。❷蠆（chài）：蠍類毒蟲。虺（huǐ）：毒蛇。螫（shì）：蜂、蠍等叮刺。❸據：野獸用爪抓取。❹攫（jué）鳥：兇猛的鳥，指鷹雕類。搏：捕拿，抓取。❺牝（pìn）牡：本義是動物的雌性和雄性，這裏用來指人的女性和男性。合：指性交。朘（zuī）：王弼本作「全」，傅奕本和帛書乙本（甲本缺文）作「朘」，據改。指小男孩的生殖器。作：起，勃起。❻號：放聲哭。嗄（shà）：聲音嘶啞。❼益生：違逆自然而使生命得到增益，即貪生縱慾，與五十章「生生」同義。祥：古時吉凶禍福都可以用「祥」，後世才專用於吉祥義。這裏所指是妖祥，不吉祥，災殃。❽「心使」句：人的意念慾望支配氣，是逞強，人為之強，這與十章「專氣致柔」反義。❾「物壯」三句：已見於三十章。蔣錫昌以為這裏的「壯」指「益生」「使氣」而言，與三十章的「壯」指「武力暴興，以兵強於天下」的意義不同。馬敘倫以為這幾句是錯簡複出。

【翻譯】

蓄德深厚的人，如同新生的嬰兒。蜂蠍不螫，毒蛇不咬，猛獸不撲，惡鳥不抓。筋骨柔弱但拳頭握得結結實實，還不知道男女的交合但小生殖器卻自然勃起，這是精氣充足飽滿的緣故。整天放聲哭而聲音不嘶啞，這是身體諧和達於至極的緣故。知道諧和的道理就叫做得到了常道，知道了常道就叫做聰明。

貪生縱慾就是災殃，慾望支配了氣就是逞強。事物一旦壯盛就會走向衰老，可說是不合乎道，不合乎道就要很快滅亡。

# 五十六章

本章所講得到「玄同」的人，就是上章所說「含德之厚」的得「道」的「聖人」。他們不需見聞，無所慾求，不露鋒芒，不陷入糾紛，內斂光輝，混同塵俗，超脫於親疏、利害和貴賤之別，所以是天下最高貴的人。

知者不言，言者不知。塞其兌，閉其門，挫其銳，解其紛，和其光，同其塵①，是謂玄同②。故不可得而親，不可得而疏；不可得而利，不可得而害；不可得而貴，不可得而賤③。故為天下貴。

【注釋】❶「塞其」六句：前兩句已見於五十二章，馬敘倫以為是誤記複出。紛：王弼本作「分」，各本多作「紛」，帛書甲、乙本也都作「紛」，因據改。句中的各「其」字，都是指得到「玄同」的人（據任繼愈說）。另，高亨以為這裏是論「聖人」治民之術，各「其」字都指民而言。車載以為章內「銳、紛、光、塵就對立說，挫銳、解紛、和光、同塵就統一說」。這些說法都值得參考。❷玄同：玄妙齊同的境界，也就是「道」的境界。張松如貫通全章解釋說：「這裏所講的『玄同』，也就是『抱一』、『得一』，使事物處於一種無差別的狀態。在老子那裏，他是看到了對立而誇大了『同一』。」❸「故不」六句：是說得到「玄同」的「聖人」超脫於親疏、利害、貴賤之外。所以，誰都不能對他親近或疏遠，誰都不能對他施利或加害，誰都不能使他高貴或下賤。

【翻譯】

真知的人不輕易說話，輕易說話的人不是真知。堵塞住嗜慾的孔竅，禁閉住嗜慾的門戶，鈍化鋒芒，超脫糾紛，含蓄光耀，混同塵俗，這就叫符合道了。所以，對於達到這種境界的人，應不分親，也不分疏；不分利，也不分害；不分貴，也不分賤。所以他就成為全天下最尊貴的人。

# 五十七章

本章講「無為而治」，講「有為」不如「無為」。老子認為，日益增多的法令教律、新技術和新器具，都屬於「有為」的東西，都破壞了純樸自然，因此造成人們貧窮、社會混亂、邪惡紛起。只有無事無欲、清靜無為、不強行干涉和任意攪動，才能使百姓自然歸化，生活富足，風氣淳樸，社會也就自然安定。本章與三十七章相對應，而本章從正反兩方面入手，比三十七章說得更為具體透徹。

以正治國①，以奇用兵②，以無事取天下。吾何以知其然哉？以此③：天下多忌諱④，而民彌貧⑤；民多利器⑥，國家滋昏；人多伎巧，奇物滋起⑦；法令滋彰⑧，盜賊多有。故聖人云：「我無為而民自化，我好靜而民自正，我無事而民自富，我無欲而民自樸。」

【注釋】

❶正：指正規的方法。蔣錫昌以為就是「清靜之道」。❷奇：奇詭，隨機應變。❸此：指代下面四個分句。❹忌諱（huì）：禁令教誡。❺彌（mí）：更加，越發。下文「滋」同此。❻利器：這與三十六章「國之利器」涵義不同，這裏指便利的器具（據吳澄說）。參見八十章「雖有什伯之器」數句內容，還可參見十九章「絕巧棄利」注。另，有人解為兵器，可供參考。❼「人多」二句：伎：通「技」。伎巧：即十九章所言「絕巧」之「巧」。奇物：新奇之物，就是三章所說的「難得之貨」。它應包括上句「利器」。從邏輯關係上看，這兩句實是前句「民多利器」的前提。另，王弼注：「民多智慧則巧偽生，巧偽生則邪事起。」張松如把這兩句寫定為「民多智慧而邪事滋起」，可供參考。❽彰：明白，這裏有嚴苛的意思。

【翻譯】

以正道治理國家，以奇詭的方法用兵，以無所作為來掌握天下。我怎麼知道事情是這樣的呢？根據下面的事理：天下的禁令教誡越多，百姓就越貧窮；百姓的便利器具越多，國家就越昏亂；人們的技巧越多，邪惡的事情就越出現；法令越彰明、嚴厲，盜賊就越多。所以聖人說：「我無所作為，人民就自然順化；我喜歡清靜，人民就自然安定；我不生事，人民就自然富庶；我沒有慾望，人民就自然淳樸。」

# 五十八章

本章表現了老子樸素的辯證法思想。首先以執政為例，指出「無為」之政會導致民風淳樸，長治久安；「有為」之政會導致民風奸偽，社會動盪。接着，以一般的禍福善惡的轉化為例，說明一切事物內部無不存在互相對立的兩種因素，即四十二章所說的「萬物負陰而抱陽」。福中有禍，禍中有福，禍福都能向其對立面轉化，而這種轉化是超乎人們意料的，不可把握的。最後，提出了「聖人」的處世哲學：為避免事情向不利的方面轉化，就要時時處處適可而止，要含而不露，柔而不強，守而不爭。

其政悶悶，其民淳淳①；其政察察，其民缺缺②。禍兮，福之所倚；福兮，禍之所伏。孰知其極③？其無正邪④？正復為奇，善復為妖⑤。人之迷，其日固久。是以聖人方而不割⑥，廉而不劌⑦，直而不肆⑧，光而不耀⑨。

【注釋】❶「其政悶悶」二句：統治者不動聲色，無事可做，無政可舉，模模糊糊，稀裏糊塗地行「無為」之政，而民風淳樸，天下和樂無爭。悶悶：不清晰的樣子。❷「其政察察」二句：統治者嚴苛刑律，動則賞罰，以智術行「有為」之政，而民風狡詐奸偽，天下不安。察察：明辨的樣子，與上句「悶悶」同見於二十章。缺：高亨以為通「獪」，即狡獪，狡猾。「缺缺」即狡猾的樣子。❸極：終極，究竟。❹「其無」句：王弼本無「邪」字，據傅奕本和馬敘倫《校詁》補。這一句是就下兩句提出的反問。其：反詰副詞。❺「正復」二句：「正」與「奇」，「善」與「妖」各自反義相對，如上文「福」「禍」相對。奇：邪。妖：不善，惡。❻「是以」句：與下面三句都是比喻。這句的意思是：器物方正就有棱角，棱角近似鋒刃，可以割傷他物，但「聖人」是「大方無隅」（四十一章）的，所以並不割傷甚麼。❼「廉而」句：與「方而不割」詞異而義同。廉：有棱角。劌（guì）：以刃劃傷。❽「直而」句：肆：伸。「聖人」是「大直若屈」（四十五章）的，所以雖直而不伸展。❾「光而」句：參見五十二章：「用其光，復歸其明。」

## 【翻譯】

哪裏治國之政不那麼清晰，哪裏的人民就樸樸實實；哪裏治國之政嚴苛明察，哪裏的人民就奸詐狡猾。災禍啊，是幸福的依身之地；幸福啊，是災禍的藏身之所。誰知道它們變化的究竟呢？難道沒有個定準嗎？正會倒轉作邪，善會倒轉成惡。人們的迷惑，由來已經很久了。因此聖人方正而不損傷甚麼，有棱角而不劃傷甚麼，正直而不放肆，光明卻不炫耀。

# 五十九章

本章提出「嗇」的原則。老子把「嗇」看作是「治人」、「事天」的最好原則，是「三寶」之一（見六十七章）。「嗇」是要收斂充實於內，是要積「德」。「德」是「道」的體現。積「德」就是為「道」，「德」深則「道」厚，就會無所不能，無所不至，就會獲得旺盛的生機和堅實的根本。據以治國，則國運長久；據以養身，則長生不衰。

治人事天①，莫若嗇②。夫唯嗇③，是以早復④。早復謂之重積德⑤。重積德，則無不克；無不克，則莫知其極⑥；莫知其極，可以有國⑦；有國之母⑧，可以長久。是謂深根固柢、長生久視之道⑨。

【注釋】❶治人：治民，治理國家。事天：保養天賦，養生（據林希逸、奚侗和陳鼓應等人所說）。也有人把「天」解釋為上天、自然。❷嗇（sè）：吝嗇。在本章具體指愛惜和蓄藏精力。與六十七章的「儉」意義近同。也有把「嗇」訓為收穀，引申為「穡」之義的，可供參考。❸夫唯：句首語氣詞，有提起和說明原因的作用。❹是以：王弼本作「是謂」。傅奕本及帛書乙本（甲本缺文）都作「是以」，與上句「夫唯」相應，其句式如二章：「夫唯弗居，是以不去。」此改作「是以」。復：王弼本作「服」，《釋文》和司馬光本等作「復」。蔣錫昌、馬敍倫等都以為原作「復」。據改。下句「復」字同此。復，指返本，復返於「道」。另，任繼愈等據王弼本「服」字而以為通「備」，解作準備。可供參考。❺重：厚，多。❻極：終極，極限。❼「可以」句：「有」在這裏是保有而不喪失的意思。高亨懷疑「國」字下有「之母」二字，雖暫無實證，但頗有道理，便於理解。可供參考。❽母：比喻國家賴以安定的根本。❾柢（dǐ）：樹根。據《韓非子・解老》，蔓延的根叫「根」，下扎的直根叫「柢」。久視：久立（據高亨說），即長久存在。

【翻譯】

治國和養生，沒有比吝嗇更好的原則。正因為吝嗇，所以能及早返歸於道。及早返歸於道就是要多多積德。多多積德，就無所不能；無所不能，他的力量就無法估計；他的力量無法估計，就可以統治國家；有了統治國家的根本，就可以長存永在。這就是根深柢固、長命不衰的原則。

# 六十章

本章講「無為」之政。老子以烹小魚為例，說明治國應以清靜為要則，萬不可任意攪擾百姓。治國者守「道」「無為」，就可以使潛在的惡勢力無機可乘，無禍可作。各種勢力互不騷擾傷害，各守其靜，天下就會相安無事。

**治大國，若烹小鮮①。以道蒞天下②，其鬼不神③；非其鬼不神，其神不傷人；非其神不傷人，聖人亦不傷人④。夫兩不相傷⑤，故德交歸焉⑥。**

【注釋】❶「若烹」句：小鮮：就是小魚。《詩經・檜風・匪風》毛傳：「亨（烹）魚煩（一再擾動）則碎，治民煩則散（散亂），知亨（烹）魚則知治民矣。」❷蒞（lì）：臨。參見三十一章「以哀悲立之」注。蒞天下：是君臨天下、治理天下的意思。❸神：靈，靈通。❹「聖人」句：「聖人」行「無為」之政，不擾動百姓，不行賞罰而任其自然，這就是「不傷人」。❺兩不相傷：雙方不互相傷害。這裏說雙方，有兩層含義：一是統治者和百姓這雙方，二是鬼和人這雙方。《韓非子・解老》：「上不與民相害，而人不與鬼相傷，故曰『兩不相傷』。」高亨也持此說。對立的雙方不相傷害，就是消除了矛盾，各守其靜。另，王弼解作神和聖人都不傷害人，信從這種說法的人很多，可供參考。❻「故德」句：意思是，鬼怪、「聖人」和所有的人都各歸其「德」，各守其靜。交：俱，都。另，蔣錫昌解作「（神與聖人）故得交歸於民」，他認為「德」通「得」；任繼愈譯作「所以（人與鬼）都（互相）稱讚『聖人』的德」。蔣、任兩家的注譯可供參考。

## 【翻譯】

治理大國，像烹小魚一樣。用道治理天下，那些鬼神就不靈了；不是那些鬼神不靈，而是靈也不傷害人；不只是鬼神不傷害人，聖人也不傷害人。正由於雙方互不傷害，所以人們和鬼神、聖人彼此都能以德相待。

# 六十一章

本章針對國與國之間爭端迭起的現實，主張以謙下無爭作為處理國際關係的準則，尤其希望勢強位尊的大國消除以武力強權侵淩弱小的行為而信守這一原則。老子認為，居下處靜，甘做「天下之牝」，非但不會吃虧，而且必有所得；如果大小國家都奉行這一原則，那麼，大國會得其大欲，小國會得其小欲，大家都會在無爭競、無紛亂的世界中心滿意足。首句「大國者，下流」與末句「大者宜為下」呼應，反映了老子把化干戈為玉帛的希望寄託在大國行「道」上。

大國者，下流①，天下之交②，天下之牝③。牝常以靜勝牡④，為其靜也，故宜為下⑤。故大國以下小國⑥，則取小國⑦；小國以下大國，則取於大國⑧。故或下以取，或下而取⑨。大國不過欲兼畜人⑩，小國不過欲入事人。夫兩者各得其所欲，大者宜為下。

**【注釋】** ❶下流：下游。水流的下游最終匯聚容蓄了眾多的溪谷河川之水，所以用「下流」比喻大國在眾多小國中的地位。參見六十六章：「江海所以能為百谷王者，以其善下之。」❷交：交匯。承上句「下流」，表示眾水的匯聚處，比喻各小國的歸附處。❸牝：動物的雌性，用來比喻大國應自處的地位。❹「牝常」句：「牡」是動物的雄性。雌性動物慣於安靜，雄性動物慣於躁動，老子以為安靜可以控制躁動。二十六章：「靜為躁君。」❺「為其」二句：王弼本作「以靜為下」，各本互異，此據帛書乙本和張松如《校讀》改。❻「故大」句：「大國以下小國」相當於「以大國下小國」，下文「小國以下大國」仿此（高亨對此句式有詳說）。下小國：對小國謙下。下文「下大國」仿此例。❼取：通「聚」，會聚，聚攏。下三個「取」字也都通「聚」。❽「取於」句：王弼本無「於」字，帛書甲、乙本都有，據補。「於」字標誌着本句的被動句性質。所以，本句的「取（聚）」是被聚，也就是被容納的意思，因此譯為「見容」。❾「故或」二句：上「取」字與「取小國」之「取」義同，下「取」字與「取於大國」之「取」義同。❿兼：兼併，聚攏，收攏。畜（xù）：畜養。兼畜：相當於領導的意思。

## 【翻譯】

大國，就像江河的下游，是天下交匯的地方，是天下雌性的所在。雌柔永遠以安靜勝過雄強，因為它安靜，所以最適宜居守下位。所以如果大國對小國謙下，就能聚攏起小國；如果小國對大國謙下，就能見容於大國。所以有的（大國）謙下以聚攏小國，有的（小國）謙下而見容於大國。大國不過是想領導別的小國，小國不過是想投靠順從別的大國。雙方都可以滿足自己的願望，大國尤其應該做出謙下的姿態。

# 六十二章

本章講人們貴重「道」的理由，也就是講「道」的普遍功用。「道」是萬物之主，它是君臨天下的至寶，它是實現人們願望的至寶，它是免除人們罪過的至寶。

道者，萬物之注①，善人之寶，不善人之所保。美言可以市尊，美行可以加人②。人之不善，何棄之有③？故立天子，置三公④，雖有拱璧以先駟馬⑤，不如坐進此道。古之所以貴此道者何？不曰求以得⑥，有罪以免邪？故為天下貴。

**【注釋】**

❶注：各本都作「奧」。高亨曾懷疑作「主」，帛書甲、乙本同作「注」，正與「主」通。據改。❷「美言」二句：王弼本原作「美言可以市，尊行可以加人」。《淮南子》兩引此文並作「美言可以市尊，美行可以加人」。俞樾據此斷定「今本脱下『美』字」，晚近諸家多從俞説。此據改。市：買賣，這裏是換取、博取的意思。加：施加。加人：施加到他人身上，即對其他人發生影響。另，奚侗據《爾雅》釋「加」為「重」，釋「加人」為「見重於人」，可供參考。❸「人之」二句：二十七章説：「聖人常善救人，故無棄人；常善救物，故無棄物。」與這兩句意思一致。❹三公：輔助國君掌握軍政大權的最高官員。周代三公包括太師、太傅和太保。❺璧：玉器，圓鏡形，中心有圓孔。古代用璧作貴重禮品。拱璧：雙手拱抱的大玉璧。駟（sì）馬：古代一台車並用四匹馬，一般説「駟馬」，就是指四馬齊全的一套車。拱璧以先駟馬：古代奉獻禮物，輕物在先，貴重物在後。這裏説的是古代奉獻禮，先奉獻拱璧，隨後又奉獻比拱璧更貴重的駟馬。另，本句與下句，許抗生據高亨説，譯作：「雖然有貴重的美璧作禮物，駕着四馬之車出去詢問治國的道理，不如坐下來進修此『道』。」可供參考。❻求以得：王弼本作「以求得」，傅奕本、敦煌本等古本及帛書乙本（甲本缺文）都作「求以得」，與下句「有罪以免」對文。據改。

【翻譯】

道是萬物的主，是善人的寶，也是惡人所要保持的。漂亮的言詞可以博取別人的敬仰，美好的行為可以給人以影響。人做了不好的事情，有甚麼理由拋棄他呢？所以天子登基，三公就職，雖然有先奉獻拱璧、後隨駟馬的禮儀，也不如用道作進獻禮。古來所以貴重這個道，是甚麼原因呢？不就是說有求就能得到，有罪就能免去嗎？所以道才被天下看得貴重無比。

# 六十三章

本章主要包含兩個方面的思想：其一，「無為而無不為」；其二，樸素的辯證法觀點。這兩個方面的思想是交融在一起的。老子說「為無為，事無事，味無味」，這就已經透露出他還是要「為」的，只不過是要以「終不為大」的方式實現「故能成其大」的最終目的。老子看到了各種事情發展過程中難和易、大和細的對立統一關係，主張人們要適應它，由易「圖難」，由細「為大」，既充分看到其大、難的一面，又從細小、容易處起步，循序漸進，最終就會化難為易。

為無為，事無事，味無味①。大小多少，報怨以德②。圖難於其易，為大於其細。天下難事，必作於易③；天下大事，必作於細。是以聖人終不為大，故能成其大。夫輕諾必寡信④，多易必多難。是以聖人猶難之⑤，故終無難矣。

【注釋】❶「為無」三句：各句第一個字都是謂語，意動用法。三句基本意思相同，都是說要以「不作」為「作」。蔣錫昌說：「三章『為無為，則無不治』，即此『為無為』之義。四十八章『取天下常以無事』，即此『事無事』之義。三十五章『道之出口，淡乎其無味』，即此『味無味』之義。」❷「大小」二句：各家說法不一，譯文據高亨和張松如所解。另，任繼愈譯為：「不管人家對我仇恨多大，我總是以『德』報答他。」嚴靈峰認為「報怨以德」句原應在七十九章「必有餘怨」句下，陳鼓應從之。任譯和嚴說可供參考。❸作：起，開始，發生。❹諾：許諾，允許。❺猶：還，還是。

【翻譯】

把不作為當作有作為，把不做事看成做事，把無味當作有味。把小事看成大事，把微妙看成眾多，用恩德報答怨恨。考慮難辦的事要從簡易處着眼，實現大的目標要從細微處入手，天下的難事都必定從容易處做起；天下的大事都必定從細微處做起。因此聖人始終不貪大，所以才能有大的成就。輕率許諾必定會喪失信用，把事情看得很容易必然要遭受很多困難。因此聖人總是看重困難，所以永遠沒有困難。

# 六十四章

本章與六十三章所講要點相同而又進一步發揮。老子注意到了各種事情都是從無到有，從小到大，都要經過孕育、萌芽、發展到最終完成的過程，認為人們要想清靜而少生禍亂事端，就要「為之於未有，治之於未亂」，這就是上章所言「圖難於其易」。而對於不得不完成的事情，就要順應自然，從最細小處開始，漸次累積，「慎終如始」，以期瓜熟蒂落，這就是上章所言「為大於其細」，也就是「無為而無不為」；如果強行硬為，或善始不善終，都必遭失敗。章末說「欲不欲」、「學不學」，這與六十三章開頭「為無為」等句顯然是遙相呼應的。

其安易持，其未兆易謀①；其脆易泮②，其微易散。為之於未有，治之於未亂。合抱之木，生於毫末③；九層之台，起於累土④；千里之行，始於足下。為者敗之，執者失之。是以聖人無為故無敗，無執故無失⑤。民之從事⑥，常於幾成而敗之⑦；慎終如始，則無敗事。是以聖人欲不欲⑧，不貴難得之貨⑨；學不學⑩，復眾人之所過⑪。以輔萬物之自然，而不敢為。

【注釋】❶兆：徵兆，苗頭。❷泮（pàn）：通「判」，剖分，分解開。這裏指分化以致消解，與下句「散」意思近同。❸毫末：細毛尖，這裏是比喻樹木初生時極細小的萌芽。❹累：通「蔂」（léi），盛土的籠具。累土：如同說一筐土。❺「為者」四句：上兩句已見於二十九章。奚侗說這四句與本章上下文義不相關，認為原屬二十九章而誤摻於此章。馬敘倫、陳鼓應等從之。❻民之從事：猶謂從民之事。從，為也，見《管子・正世》「知得失之所在，然後從事」。❼幾（jī）：近，接近，快要。❽欲不欲：與下句「學不學」都與六十三章「為不為」句法同。蔣錫昌解為「聖人則欲人之所不欲」，可供參考。❾「不貴」句：見三章。❿學不學：老子以為「為學日益，為道日損」（見四十八章），所以這裏稱讚聖人以不學為學。另，蔣錫昌解為「聖人學人之所不學」，可供參考。⓫復：返回。應指返歸於「道」。又據高亨說，「復眾人之所過」當作「以復眾人之過」，與「不貴難得之貨」句法略同，義亦明瑩，增

「所」字則贅矣。老子所謂聖人無為者，只是輔助萬物之自然而已。另，朱謙之解作復補，任繼愈據之解為補救，可供參考。

**【翻譯】**

局勢安定時容易維持，事情沒露苗頭時容易籌謀；事物脆弱時容易消解，事物微小時容易散除。要在事情還沒有發作時處理它，要在局勢還沒有動亂時治理它。合圍粗的大樹，是由細小的萌芽長成的；九層的高台，是由一筐土築起的；千里行程，是從腳下開始的。勉強從事的會毀壞它，把持不放的會失去它。所以聖人不妄為，所以沒有失敗；不把持不放，所以無所喪失。做治理老百姓的事情，常常功敗垂成；如果做事情直到終結能一直像開始那樣謹慎，那麼就不會敗事了。因此聖人把無慾望當作慾望，不看重難得的財貨；把不學看作學，從眾人的過錯中返歸於道。以此輔助萬物的自然變化，而不敢妄為。

# 六十五章

本章講以「道」為政的一項重要原則：愚樸返真，順應自然。老子認為，百姓難治就難在他們有心智巧偽，而百姓有無心智巧偽，與執政者關係極大。如果執政者巧用心智，就會誘發並增廣人民的「情欲文飾」，使社會離真樸日遠，天下不得安寧。如果執政者不用心機巧術，就會引導人民渾厚無邪，使社會同真樸日近，天下太平無爭。老子要人民不明而愚，是同執政者不用智術緊相聯結，並以後者為前提的，在此是「無為而治」思想的反映，這同後代統治者專以奸詐之術實行愚民政策是不同的。但後代統治者在實行愚民政策的時候，往往口誦老子之言，這也是事實，這雖然並非老子本意，但也説明了老子思想中含有消極、保守的一面，所以才可能被歷代統治者所利用。

古之善為道者，非以明民，將以愚之①。民之難治，以其智也②。故以智治國，國之賊③；不以智治國，國之福④。知此兩者⑤，亦稽式⑥。常知稽式，是謂玄德。玄德深矣，遠矣，與物反矣⑦，然後乃至大順⑧。

**【注釋】**❶「非以」二句：「明」、「愚」相對，「明」並不是一般意義的聰明，而是指巧偽奸詐；「愚」也不是一般意義的愚昧，而是指真樸淳厚。張松如說：「在老子這裏，『聰明』常常是『大偽』的同義語，『愚昧』又往往是『自然』的替代詞。」❷智也：王弼本作「智多」。帛書甲、乙本都作「知也」，「知」、「智」古通用。鄭良樹認為，老子主張「絕聖棄智」（十九章），「絕」和「棄」並沒有多和少的程度，而是徹底，所以「多」是衍文。此參據帛書和鄭說改作「智也」。❸「故以」二句：這裏包含的意思是：統治者用巧智邪術統治百姓，防備百姓生出奸偽，百姓也就用巧智來應付和逃避。統治者治民防民之術越密巧，百姓奸偽巧詐也就越多，所以是國家的禍害。賊：害。可參見十八章：「智慧出，焉有大偽。」五十八章：「其政察察，其民缺缺。」❹「不以」二句：與上兩句相反，意思是：統治者不用巧智邪術，那麼百姓就不生奸巧偽詐，國家也就自然安寧。這就是五十七章所言「我無為而民自化」、五十八章所言「其政悶悶，其民淳淳」。❺兩者：指上四句中對立的兩種情況。❻稽（jī）式：楷式，法則。❼反：通「返」，指返歸真樸。另，有人取「反」的相反義，認為全句的意思是，深遠的「玄德」和具體事物的性質相反。可供參考。❽順：這裏指隨順自然。

【翻譯】

古代善於行道於天下的人，不是教人民精明智巧，而是要使他們敦厚純樸。人民所以難以治理，乃是因為他們有智巧。所以用智巧治國，是國家的災禍；不用智巧治國，是國家的幸福。認識這兩者是治國的法則。經常認識、掌握這個法則，就是順乎自然之德。自然之德又深又遠，它同萬物一同返歸於本原，然後才能達到完全順應自然。

# 六十六章

本章是體現老子辯證法的王者之道。老子認為，統治者肯於居下，才會居上；肯於退後，才會進前；肯於不爭，才會無人能爭。也就是「無為」，才可以「無不為」。但是，現實社會中的統治者，無不弄權作勢於國內，極欲擴張於國外，天下百姓不堪其威壓擾害之苦。所以，老子要統治者謙下、退身，以使百姓「不重」、「不害」、「樂推而不厭」。

**江海所以能為百谷王者，以其善下之，故能為百谷王①。是以聖人欲上民②，必以言下之；欲先民，必以身後之。是以聖人處上而民不重③，處前而**

民不害。是以天下樂推而不厭。以其不爭，故天下莫能與之爭。

【注釋】❶「江海」三句：以「江海」、「百谷」設喻，說明居下可以兼容廣納，可以居長成王。三十二章：「譬道之在天下，猶川谷之於江海。」六十一章：「大國者，下流。」都與此章取譬近似。❷聖人：王弼本無此二字，傅奕本、河上公本等古本有，帛書甲、乙本也都有。據補。上：與以下三句的「下」、「先」、「後」，都用作動詞。❸重：覺得沉重，覺得受了重壓。

【翻譯】

江海之所以能成為千百條溪流的王，是因為它善於位居這些溪流的下方，所以才能成為千百條溪流的王。因此聖人要想統治人民，一定要在言辭上對他們表示謙下；想要作人民的先導，一定要把自己的利益放在人民之後。因此聖人居於上面而人民並不覺得受累，居於前面而人民並不覺得受妨害。因此天下人都樂意擁戴而不厭棄他。因為他不同別人爭，所以天下沒有人能同他爭。

# 六十七章

本章講「道」的原則在政治和軍事方面的具體運用。章內「我」指的是「道」。所言「三寶」就是「道」的三條重要原則。老子認為，持守「三寶」，貫徹慈柔、儉嗇、退後的精神，就能勇悍、擴展、成為尊長；反之，若丟開「三寶」而單圖勇悍、擴展和做尊長，就必然走向滅亡。

天下皆謂我大①，大而不肖②。夫唯不肖，故能大③。若肖，久矣其細也夫！我有三寶，持而保之：一曰慈④，二曰儉⑤，三曰不敢為天下先⑥。慈，故能勇；儉，故能廣；不敢為天下先，故能為成器長⑦。今捨慈且勇⑧，捨儉且廣，捨後且先，死矣。夫慈，以戰則勝，以守則固。天將救之，以慈衛之。

【注釋】❶「天下」句：王弼本在「我」字下有「道」字，傅奕本、河上公本等本及帛書乙本（甲本缺文）皆無。據刪。我大：就是「道」大。二十五章：「字之曰道，強為之名曰大。」❷「大而」句：王弼本原作「似不肖」。「似」字可疑。馬敘倫說，北京圖書館藏唐抄本、易州景龍碑石刻本皆無「似」字。帛書乙本（甲本缺文）作「大而不肖」。據改。肖（xiào）：像，類似。說「大而不肖」，是因為「道」是「無狀之狀，無物之象」（十四章）。❸「夫唯」二句：王弼本作「夫唯大，故似不肖」。各本多與王本同或近同，唯帛書乙本作「夫唯不肖，故能大」。張松如認為「乙本義長」。據改。❹慈：柔弱哀憫（吳澄說），有愛心，有同情感。另，任繼愈以為是寬容的意思。❺儉：儉嗇，收縮蓄藏而不擴張靡費，與五十九章「嗇」意義近同。❻不敢為天下先：六十六章：「欲先民，必以身後之。」❼俞樾說：《韓非子・解老》此句作「不敢為天下先，故能為成事長」。雖「事」「器」異文，但「故能」下有「為」字，則當從之。成器：大器。《左傳・襄公十四年》「成國不可半天子之軍」，杜注：「成國，大國。」❽且：取（據王弼和高亨說）。

【翻譯】

天下人都說我廣大，廣大卻不像任何具體事物。正因為不像任何具體事物，所以才能廣大。如果像任何具體事物，早就變得細小了！我有三件寶物，我十分珍重地保護着它們：第一個是慈柔，第二個是儉嗇，第三個是不敢走在天下人的前面。因為慈柔，所以才能勇武；因為儉嗇，所以才能擴展；因為不敢居於天下人的前面，所以才能成為善材大器的首長。如果捨棄了慈柔而只求取勇武，捨棄了儉嗇而只求取擴展，捨棄了退讓而只求取佔先，則必定走向死路。說起慈柔，用於作戰就能取勝，用於守衛就能堅固安全。老天要救助誰，就用慈柔來保衛他。

# 六十八章

本章直承前章「慈」「勇」「戰」「守」方面的內容，繼續講「道」在軍事方面的運用。老子認為，用兵作戰一定要做到「不武」、「不怒」、「不與」和「為下」，也就是不逞能、不激怒、不對鬥、不自大。這就是「不爭之德」，是符合天道的最高原則。

**善為士者不武①，善戰者不怒，善勝敵者不與②，善用人者為之下③。是謂不爭之德，是謂用人之力，是謂配天，古之極④。**

【注釋】❶士：武士，兵卒的帶頭人。這裏實指統帥。❷「善勝」句：《孫子・謀攻》：「百戰百勝，非善之善者也；不戰而屈人之兵，善之善者也。」與：對鬥，即廝殺搏鬥。❸「善用」句：

意思是謙下待人，可以換得別人的誠心，士卒親附，就樂於為之效力疆場（據高延第說）。下文「是謂用人之力」就是直承本句而言。❹極：準則。古之極：據俞樾說，此章每句有韻，若以「是謂配天」為句，則不韻矣，疑「古」字衍文也。且「是謂配天之極」句與前兩句文法一律，其衍「古」字者，「古」即「天」也。《周書・周祝》篇曰：「天為古。」此說頗有道理。

## 【翻譯】

善於做兵將的不逞勇武，善於作戰的不激怒，善於戰勝敵人的不事搏鬥，善於用人的對人謙下。這叫做不爭的德，這叫做能利用他人的力量，這叫做與天道符合，這是古來的準則。

# 六十九章

本章是前兩章的繼續，還是講「道」在軍事方面的運用。三十一章曾反映出老子的反戰思想，他認為戰爭只能是不得已的，這種思想與本章一氣相通。老子認為，有「道」的軍事家不把戰爭用作進攻手段，而只用作防禦手段；在戰爭中要慎之又慎，退而又退。老子認為，忍讓退守可避免戰爭，輕敵嗜戰會遭受災禍，當兩軍力量相當時，被迫迎戰而懷有「哀」心的一方必定勝利。

用兵有言：「吾不敢為主而為客①，不敢進寸而退尺。」是謂行無行②，攘無臂③，執無兵，扔無敵④。禍莫大於輕敵，輕敵幾喪吾寶⑤。故抗兵相若⑥，哀者勝矣⑦。

【注釋】❶主：這裏指首先挑起戰爭，處於攻勢。客：指不得已而應戰，處於守勢。❷行（xíng）無行（háng）：行進而沒有出師的道路（據高亨說）。第一個「行」與下三句的「攘」、「執」、「扔」同為動詞；第二個「行」與下三句「臂」、「兵」、「敵」同為名詞，意為道路。另，也有人把這兩個「行」都解作行列、陣勢。可供參考。❸攘無臂：參見三十八章「攘臂」注。這裏是說由於憤激而想舉起手臂，但卻像無臂可舉。❹「執無」二句：王弼本「扔」句在上，「執」句在下。但王弼注文「扔」句卻在「執」句下，可知王弼今本誤倒。傅奕本及帛書甲、乙本都是「執」句在上，「扔」句在下（帛書「扔」作「乃」）。據改。扔敵：就是就敵、迎敵的意思。❺寶：就是六十七章的「三寶」（據成玄英、高延第和任繼愈說）。❻若：王弼本作「加」，傅奕本、敦煌本及帛書甲、乙本都作「若」。據改。抗：相對等，相當。❼哀：哀憫，就是六十七章所說的「慈」（據吳澄、蔣錫昌等說）。「慈」是「三寶」之一，「夫慈，以戰則勝，以守則固」。高亨解釋「哀者勝」的含義說：「存不忍殺人之心，處不得不戰之境，在天道人事皆有必勝之理也。」另，任繼愈譯「哀」為「悲憤」，可供參考。

【翻譯】

兵家有過這樣的話：「我不敢主動進攻而寧願採取防守，不敢前進一寸而寧願退後一尺。」這就叫要出兵卻像沒有行軍之路，要奮臂高揚卻像沒有手臂，要操起兵器卻像沒有兵器，要迎擊敵人卻像沒有來敵。沒有甚麼災禍能大過輕敵，輕敵幾乎喪失了我的「三寶」。所以兩軍勢均力敵，心懷慈憫的一方定能勝利。

# 七十章

本章是老子的自許和慨歎。老子主張「無為」，是要「無不為」；主張「無爭」，是要「莫能與之爭」。所以，他並非自甘默默無聞，他也希望自己的各種思想原則能通行於世。這裏，老子既稱許自己的主張切近簡要，明瞭易行，又慨歎世人不了解「道」，不了解自己，不買自己的賬。因此，他深感曲高和寡而不得不「被褐懷玉」。

**吾言甚易知，甚易行；天下莫能知，莫能行。言有宗，事有君①。夫唯無知②，是以不我知。知我者希③，則我貴矣④，是以聖人被褐懷玉⑤。**

【注釋】❶「言有」二句：宗：宗旨。君：主，與「宗」變文，這裏是主旨、要領的意思。蔣錫昌認為「宗」、「君」都指「道」而言。他說：「聖人之教，雖千言萬語，然其宗旨，總不離道，故知易行亦易也。」❷無知：指對上文所說的「宗」、「君」無所知，也就是對「道」無所知。❸希：通「稀」。❹「則我」句：王弼本作「則我者貴」。傅奕本等古本及帛書甲、乙本都作「則我貴矣」。據改。則，連詞。另，一般常按王弼本解「則」為效法。供參考。❺被：是「披」的古字。褐：用麻或粗毛製作的短衣衫，是下民百姓所用。

【翻譯】

我說的道理很容易了解，也很容易實行；但是天下卻沒人能了解，沒人能實行。我說話是有宗旨的，做事是有根據的。正由於人們不理解道，因此也不了解我。了解我的人很少，我就珍貴了，因此聖人外穿粗衣卻內懷美玉。

# 七十一章

本章從人對事物多有不知的方面講要有自知之明。老子認為，不知道自己知甚麼和不知甚麼，這是人的缺點；但是，如果能重視這種缺點，時時提防，就可以不受其害。孔子的名言：「知之為知之，不知為不知，是知也。」與本章的立意是一致的。

**知不知，上；不知不知，病①。〔夫唯病病，是以不病②。〕聖人不病。以其病病③，是以不病。**

【注釋】❶「知不」四句：「不知不知」，王弼本及各本都作「不知知」，但理解有困難。帛書甲本作「不知不知」，文義較順。蔣錫昌引宋陳旉《農書》作：「能知其所不知者，上也；不能知其所不知者，病矣。」與帛書甲本一致。此據帛書甲本改。另，直到目前，專家學者們都不改補這一句，因此，任繼愈譯這四句為：「知道自己不知道，最好；不知道，而以為知道，就是病。」張松如據奚侗、蔣錫昌等人説法譯作：「知道了，還以為不知道，高啊；不知道，而自以為知道，糟啊。」這都可供參考。❷「夫唯」二句：王弼本有這兩句，各本也多有這兩句，但語義重複。景龍本、遂州本及帛書甲、乙本都沒有這兩句。據此，這裏不注不譯。❸病病：動賓短語，把毛病看作是毛病，含有重視和防患於未然的意思。譯文是意譯。

【翻譯】

知而不自以為知，這是好事；不知而自以為知，這是缺點。聖人所以沒有這種缺點。因為他把這種缺點當作重要的缺點，所以才沒有這種缺點。

# 七十二章

本章告誡統治者不要總是威壓人民，指出一旦人民不堪威壓而又不畏懼威壓，那就會發生使統治者感到非常可怕的事情。希望統治者既能實行讓人民安居樂業的寬厚政策，又能對人民做出謙下的姿態，以免遭到人民的厭棄。在這些告誡和希望中，體現出老子清靜無為、欲上必下、欲先必後的一貫思想，也反映出他對人民潛在力量的認識。

**民不畏威，則大威至①。無狎其所居②，無厭其所生③。夫唯不厭，是以不厭④。是以聖人自知不自見⑤，自愛不自貴，故去彼取此⑥。**

【注釋】❶「民不」二句：兩個「威」字在帛書甲、乙本中都作「畏」。「威」「畏」詞同源，字相通。這裏兩個「威」都同時包含着威、畏兩方面的意義，但具體所指不同。前一個「威」指由統治者發出的、威壓人民、要人民畏懼的事情。後一個「威」指使統治者受到威脅、感到畏懼的事情，王弼稱之為「上下大潰」、「天誅」。❷狎：通「狹」，狹迫，逼迫。❸厭：通「壓」，壓迫，壓榨（下句「厭」字同）。❹是以不厭：此句「厭」指厭惡，厭棄。參見六十六章：「天下樂推而不厭。」❺見：通「現」。自見：自我表現。❻彼：指「自見」和「自貴」。此：指「自知」和「自愛」。另據高亨說，「故去彼取此」似後人注語。頗有理，可供參考。

【翻譯】

一旦人民不再害怕威壓，最可怕的事情就要發生了。不要逼迫人民無處安居，不要壓迫人民無法生活。只有不壓迫人民，才不會遭到人民厭棄。所以聖人有自知之明而不炫耀自己，自愛自重而不自顯高貴，所以要捨棄後一種行為而取前一種行為。

# 七十三章

本章講柔弱不爭和天道自然。老子認為，柔弱得生，剛強則死，這並非出於人意而取決於天的愛惡。天，就是自然，天之道就是自然之道。自然之道是有定數的，是不能以人意改變的。它又是包羅萬象而無可逃避的。所以，人們只能順應和效法它而不能違逆它，否則，必定遭受挫折和兇險。

勇於敢則殺，勇於不敢則活①。此兩者，或利或害。天之所惡，孰知其故？〔是以聖人猶難之②。〕天之道③，不爭而善勝，不言而善應，不召而自來，繟然而善謀④。天網恢恢⑤，疏而不失。

【注釋】❶「勇於」二句：蔣錫昌說：「七十六章：『堅強者，死之徒；柔弱者，生之徒。』『敢』即『堅強』，『不敢』即『柔弱』。」勇：指勇氣。敢：爭勝取強的意思。殺：與「活」相對，就是死的意思。❷「是以」句：很多學者以為這是六十三章錯簡重出，帛書甲、乙本也沒有這句。此處不注不譯。❸天之道：即自然之道，自然的規律。❹繟（chǎn）然：舒緩、緩慢的樣子。❺恢恢：廣大的樣子。

【翻譯】

勇氣發自於心，因為心氣的支配而爭勝逞強就會死，能控制住心氣而不爭勝逞強就可以活。這兩者因一念之差，而利害不同。天道所厭惡的，誰知道它的緣故？自然的規律，不爭取卻善於取勝，不言語卻善於回應，不用召喚卻自動到來，雖然寬緩卻善於謀劃。自然的功能像廣大無邊的無形的網，網孔稀疏卻不會漏失。

# 七十四章

本章主旨在於批評和譴責統治者對百姓濫用殺戮政策。前一部分，指出殺戮政策是無效的，因而是不該實行的。「民不畏死，奈何以死懼之？」這一認識十分深刻。老子又用假設的事實（「若使」至「孰敢」），反證了這一認識的正確性，增強了批評和譴責的力量。後一部分說奉行殺戮政策是違背天道的，同時警告說，違天傷人者必自傷。

本章首尾所說「民不畏死」、「則希不傷其手」，這與七十二章「民不畏威，則大威至矣」的思想實有相通之處。王弼以「天誅將至」注「大威至矣」，這一注釋似乎也正可移用於本章。

民不畏死，奈何以死懼之？若使民常畏死，而為奇者①，吾得執而殺之②，孰敢？常有司殺者殺③。夫代司殺者殺，是謂代大匠斲④。夫代大匠斲者，希有不傷其手矣⑤。

【注釋】❶為奇：為邪作惡，這裏指做了觸犯統治者政教法禁的事情。奇：奇詭，不正。❷吾：不是指老子本人，而是指統治者。❸司殺者：掌管刑殺的人，這裏比喻天道。句末的「殺」字，比喻掌管着人的最終壽命。❹匠：木匠。斲（zhuó）：砍。❺希：通「稀」。傷其手：比喻違天行事而自受其害。

【翻譯】

老百姓不怕死，為甚麼用死來恐嚇他們？假使老百姓總是怕死，那麼為邪作惡的人，我們可以把他們抓來殺掉，誰還敢為非作歹？總有掌管刑殺者（指天道）去殺。代替司殺者去殺人，就如同代替高明的木匠去砍木頭。代替高明的木匠砍木頭的人，很少有不砍傷自己手的啊！

# 七十五章

本章承接前章，轉換一個角度，繼續對統治者提出批評和譴責。老子認為，統治者取税過多，百姓才飢餓；統治者實行「有為」政治，社會才動亂；統治者養生過於優厚，百姓才把死看得很輕。因此他認為，統治者恬淡無欲，清靜無為，才是消除社會上貧困和動亂的良方。這裏，老子對現實中不合理現象的揭示，對下層民眾疾苦的反映，應該説是深刻的，對統治者的批評也是強烈的。

**民之飢，以其上食税之多①，是以飢。民之難治，以其上之有為，是以難治②。民之輕死，以其上求生之厚，是以輕死③。夫唯無以生為者④，是賢於貴**

生⑤。

【注釋】❶上：指居於民上的統治者。❷「民之難」三句：「有為」而「難治」的原因是破壞了淳樸、天真、清靜和自然。如五十七章：「法令滋彰，盜賊多有。」五十八章：「其政察察，其民缺缺。」❸「民之輕」三句：人民看輕死的原因是，統治者求生太厚，慾求無已，苛斂不止，人民生路狹窄艱難，所以把死看得很輕。❹無以生為者：就是不以生為事的人，不重視追求自己安逸生活的人，就是不「貴生」的人，因此也就是恬淡無欲的人。❺賢：勝，指高明。貴生：看重追求安逸的生活。

【翻譯】

人民所以捱餓，是因為統治者徵收賦稅太多了，因此苦於飢餓。人民所以難以治理，是因為統治者強作妄為，因此難以治理。人民所以看輕死，是因為統治者追求享受，貪求太過，因此輕死。只有不在生活上過分追求享受的人，才比看重個人生活享受的人高明。

# 七十六章

本章表現了貴柔弱、戒剛強的思想。老子注意觀察了生死的不同狀態：活人的肢體柔軟，而死人的屍體僵硬；草木在生長期柔韌脆弱，但生命竭止後就乾枯了。由此他概括出「堅強者死之徒，柔弱者生之徒」的結論，認為只有柔弱的東西才是有生命力的，才會「處上」，而堅強的東西已經失去了生命力，只能「處下」。這種思想在全書中多有反映，如三十六章、四十三章和七十八章等處，其觀點十分突出。

**人之生也柔弱，其死也堅強。萬物草木之生也柔脆，其死也枯槁。故堅強者死之徒①，柔弱者生之徒。是以兵強則不勝，木強則兵②。強大處下，柔弱**

處上。

【注釋】❶徒：類。❷「是以」二句：第一個「兵」是軍隊的意思。第二個「兵」原是兵器的意思，這裏用作動詞，又是被動用法，是被砍伐、被砍折的意思。這兩句各本文字互異，不易理解，古今很多學者認為應作「是以兵強則滅，木強則折」，很值得參考。

【翻譯】

人初生時肢體是柔軟的，死去的時候就變得僵硬了。萬物草木生長的時候是柔韌脆弱的，死去的時候就變得乾枯了。所以堅硬剛強的東西屬於死亡的一類，柔韌軟弱的東西屬於生的一類。因此自逞其強必然不能獲勝，樹木強壯了就會被砍伐。強大反而要居於下位，柔弱反而會佔據上位。

# 七十七章

本章講「人之道」應該效法「天之道」，也就是說社會應該效法自然。老子認為，天道總是均衡調和的，「損有餘而補不足」；但人世卻與之相反，是「損不足以奉有餘」：一方面是飢餓、貧困，另一方面卻是「食稅之多」、「求生之厚」、揮霍無度（見五十三章和七十五章）。老子希望社會能相對均衡、安定，所以才希望出現效法天道，「有餘以奉天下」，即捨己為公的「有道者」、「聖人」。

天之道①，其猶張弓與？高者抑之，下者舉之，有餘者損之，不足者補之。天之道，損有餘而補不足；人之道則不然②，損不足以奉有餘。孰能有餘以奉天下？唯有道者。是以聖人為而不恃，功成而不處③，其不欲見賢④。

【注釋】❶天之道：已見於七十三章注。❷人之道：指社會的一般規律。❸「是以」二句：參見二章注。❹見：通「現」，表現。

【翻譯】

自然的規律，不正像開弓嗎？高的時候就壓低些，低的時候就抬高些，過滿的時候就減弱些，欠滿的時候就補益些。自然的規律是減損有餘的而補益不足的；人世的規律卻不如此，是減損不足的來供奉有餘的。誰能減少有餘而奉獻給天下人呢？只有有道的人。因此聖人助長萬物而不望報答，功業成就而不自矜，他不想表現個人的賢能。

# 七十八章

本章用水作比喻，説明柔弱勝剛強，居下反為上的思想。老子認為，天下最柔弱的就是水，但是水卻可以制勝無數堅固剛強的東西。老子身處動亂紛爭的年代，所見都是逞強鬥勝，爭權奪勢，因此他希望統治者能培蓄水一樣的德行，不僅要尚柔，而且肯居下，能受垢，這才能有國、有天下。這還是表現其以「不爭」而爭，以「無為」而為的思想和主張。

天下莫柔弱於水，而攻堅強者莫之能勝，以其無以易之①。弱之勝強，柔之勝剛，天下莫不知，莫能行。是以聖人云：「受國之垢②，是謂社稷主③；受國不祥，是為天下王。」正言若反④。

【注釋】❶易：代替。❷垢（gòu）：恥辱。❸社稷（jì）：古代帝王諸侯所祭祀的土神叫「社」，穀神叫「稷」。「社稷」後來用為國家的代稱。主：君主。❹「正言」句：這一句不僅是對本章「聖人云」的概括，而且也可以看作是對《老子》全書中相反相成言辭的一種概括，如四十一章「明道若昧，進道若退」等句，四十五章「大成若缺」、「大盈若沖」等句。

【翻譯】

天下沒有甚麼比水更柔弱的了，但是攻擊堅強的東西卻沒有甚麼能勝過水的，因為沒有甚麼東西能代替水的作用啊！弱勝強，柔勝剛，天下沒有誰不知道這個道理，可又沒有誰能運用它。因此聖人說：「承擔全國的恥辱，這才能稱得起國家的君主；承擔全國的禍殃，這才能稱得起天下的君王。」正面的話好像反話一樣。

# 七十九章

本章講要為善而不要結怨。老子認為，一旦結下怨恨，即使和解，也難以完全消釋，這就無法為善了。因此，要想為善事，做善人，實行有「德」之治，就應只施予而不索取，「能有餘以奉天下」（七十七章語），這才符合天道，因此也就可以獲得天道輔佑。八十一章說：「聖人不積，既以為人，己愈有；既以與人，己愈多。」這與本章思想是相通的。

和大怨，必有餘怨，安可以為善？是以聖人執左契，而不責於人①。有德司契②，無德司徹③。天道無親④，常與善人⑤。

【注釋】❶「是以」二句：是說「聖人」只施捨卻不索取。老子認為這是「損有餘而補不足」的「天之道」（七十七章）。契：契約，合同。左契：與右契相對。古代對借貸事項的助記辦法是，刻木為契，從中間剖分成左右兩契，債權人留取左半，就是左契，借債人留取右半，就是右契，以後討債還債時，就憑左右兩契相合為憑據。責：責求，索還債務。❷「有德」句：意思與上兩句相同，而與下一句相反。有德：就是七十七章所說的「有餘以奉天下」的「有道者」。司契：保管契約，指保管左契。司：掌管。❸「無德」句：是說無「德」的人只索取而不施予，就是「損不足以奉有餘」（七十七章），「是謂盜夸」（五十三章）。徹：周代的田稅法。❹親：這裏指偏愛。❺與：幫助。

【翻譯】

調解深重的怨恨，必定會留有殘餘的怨恨，怎麼能算是善呢？因此聖人握着借據，卻不向人們討還。所以有德的人就像只保管契卷而不索債，無德的人就像掌管稅斂那樣苛取。天道並沒有偏愛，永遠幫助有德的善人。

# 八十章

本章提出「小國寡民」，這是老子社會政治思想的重要內容之一。在老子所描述的桃花源式的空想社會中，一切都十分古樸、安靜、和樂而自然：人們丟開先進的生產工具，也能豐衣足食；世世代代坐守故園，安土樂俗；老死不相往來，車船自然廢置；沒有戰爭，武器自然淘汰；沒有巧智，無須政教禁令，文字自然重被結繩代替。這種理想反映出老子對現實的不滿和抗議。

小國寡民①，使有什伯人之器而不用②；使民重死而不遠徙③；雖有舟輿④，無所乘之；雖有甲兵，無所陳之；使民復結繩而用之⑤。甘其食，美其服，安其居，樂其俗。鄰國相望，雞犬之聲相聞，民至老死不相往來。

【注釋】❶小、寡：這裏都是使動用法，意思是使小、使寡少。❷什伯人之器：王弼本無「人」字，河上公本、帛書甲乙本都有「人」字。據補。什伯：即什佰，十百。什伯人之器，指十倍百倍於簡單人力的先進器具。另，俞樾以為是兵器，奚侗以為是各種器具。這兩種說法都有不少信從者，可供參考。❸重死：與七十五章「輕死」意義相對，看重死，不冒險。徙（xǐ）：遷移，搬家。❹輿：車。❺民：王弼本作「人」。河上公本、傅奕本等古本及帛書乙本（甲本缺文）都作「民」，與上下文各「民」字一律。據改。結繩：在未有文字的原始社會中的助記方法之一。

【翻譯】

使國家狹小而人民稀少，即使有十倍、百倍於人力的器具，卻並不應用；讓人民看重死亡，而不向遠方遷移；雖然有舟船車輛，卻不需要去乘坐；雖然有鎧甲兵器，卻用不着佈陣打仗；讓人民又回到上古結繩記事的習慣。人民吃得很香甜，穿着很漂亮，安其居所，樂其習俗。鄰國之間舉目可望，雞鳴狗叫聲彼此可聞，人民卻直到老死也不互相往來。

# 八十一章

本章反映出老子心目中有關於說、學和做的幾個原則。前一部分，提出信與美、善與辯、知與博等對立關係，啟示人們要說真話而不說漂亮的假話，要居心善良而不以巧說辯辭掩蓋不善，要深知專精而不追求廣博多識。後一部分講天道和效法天道的「聖人」之道，提示人們要助人、利人而不與人爭競。

信言不美①，美言不信。善者不辯②，辯者不善。知者不博③，博者不知。

聖人不積，既以為人，己愈有；既以與人，己愈多④。天之道，利而不害；聖人之道，為而不爭。

【注釋】❶信：真實。❷辯：能言善辯，口才好。❸博：廣博多識。另，任繼愈解為「顯示懂得的事情多」，譯作「賣弄」，可供參考。❹「既以」四句：這與七十七章「損有餘而補不足」是相通的。既：盡，這裏是全都拿出的意思。

【翻譯】

誠實的言談不華麗，華麗的言辭不誠實。善良的人不巧辯，巧辯的人不善良。學有所成的人不會甚麼都懂，甚麼都懂的人不會學有所成。聖人不積藏甚麼，盡全力幫助別人，自己卻更富有；盡全力給予別人，自己卻更豐足。自然的規律，施利給萬物而不傷害它們；聖人的法則，施為給人而不同人爭競。